W I N G S ・ N O V E L

倫敦花幻譚④
緑の宝石～シダの輝く匣～

篠原美季
Miki SHINOHARA

新書館ウィングス文庫

S H I N S H O K A N

倫敦花幻譚④ 緑の宝石～シダの輝く匣～

目次

C H A R A C T E R S

ケネス・
アレクサンダー・
シャーリントン
ネイサンとは
学生時代からの友人。
無類の昆虫愛好家。
ウィリアム・スタイン・
ロンダール
無類の植物愛好家。
幼馴染みのネイサンの
美貌に執着。
第6代ロンダール公爵。
ドナルド・ハーヴィー
ネイサンとは
学生時代からの友人。
種苗業を営む。

倫敦花幻譚
バーソロミュー
ネイサンの家令、
執事、フットマンを
兼任する。
レベック
ネイサンの植物採集の
助手。謎の多い人物。
植物の声を
聞くことができる。
ネイサン・ブルー
プラントハンター、植物学者。
地主階級《ジェントリー》ながらウィリアムとは
幼馴染みの関係。
目立つ美貌の持ち主。

イラストレーション◆鳥羽　雨

緑の宝石 ～シダの輝く匣《はこ》～

序章

月の明るい晩だった。

田舎道《いなかみち》が交差する四つ辻《つじ》。

まわりは背の高い木々と灌木《かんぼく》と、少し先がなだらかな丘陵地《きゅうりょうち》になっているくらいで、他にはなにも見えない。

そこに、マントを羽織った男が一人、ポツンと立ち、先ほどから朗々と呪文を唱《とな》えていた。

「バズビバザーズ　ラックレク　キャリオス　オゼベッド　ナチャックオン……」

砂利道《じゃりみち》に描かれた魔法円。

四方に置かれた蠟燭《ろうそく》には炎が揺らめき、男の手には魔法書のようなものが載っている。

「エアモエホウ　エホウエホオオウウ――」

男の声が徐々に大きくなっていく。

そして、彼の唱える呪文が最高潮に達しようとした、まさにその時――。

足元から地響きのような振動が伝わってきて、大地がかすかに揺れ始めた。

それに伴《ともな》い、地面に置かれた蠟燭も振動する。

ハッとして唱えるのを止《や》めた男の耳に、その音が聞こえる。

ドドドドドドド。

なにかが、猛烈な勢いで近づいてくる音だ。

それは、最初、足の下から聞こえ、あたかも地中から悪魔の軍団が押し寄せてくるかのようだった。

ゴクリと息を飲んだ男は、じっと大地を見おろして、その時を待つ。

だが、残念ながら、男が期待したように、大地がぱっくりと口を開けて、そこから悪魔の群れが飛び出してくるようなことはなかった。

代わりに、くぐもった音は大地を震わす振動から、しだいに空気を伝わってくる明瞭な音へと変化し、生々《なまなま》しく彼の鼓膜《こまく》を刺激した。

ドドドドドドドドドドドド。

なにかが、道の先からやって来ようとしている。

少し遅れて、ガラガラガラガラと、車輪が大地を叩く音がする。

(馬車だ!)

思った時には、暗い道の向こうに一台の辻馬車が現れ、男は危うく轢《ひ》かれそうになった。

猛烈なスピードである。

慌てて飛び退《の》き、草むらに転がった彼のすぐ脇で、どうしたことか、突如《とつじょ》、馬が大きくいないた。

なにかに驚きでもしたのか。

それとも、突き出た岩の突端にでも乗り上げたか。

ただ、男は、その一瞬、暗がりでなにか得体の知れないものが黒い羽を広げたように思った。

だが、すぐに思考は停止し、その場で起きた出来事をスローモーションのように目の裏に焼き付ける。

後ろ足で立ちあがる馬。

横倒しになってひっくり返る車体。

そこから投げ出された馭者《ぎょしゃ》が人形のように宙を舞い、上を向いて空回《からまわ》りする車輪の下では、血だらけになった男がうめき声をあげている。しかし、それもすぐに止んで、蠟燭の火が移った馬車が炎に包まれた。

火は、あっという間に燃え広がって、夜の闇《やみ》を赤々と照らし出す。

「――なんということだ！」

しだいに現実を認識し始めた男が、声に恐怖の色をにじませてつぶやく。

「ああ、なにが起きたんだ⁉　わからない。いったいどうして、こんなことになった⁉」

二人の人間の死を間近に見てしまった男は、ぶるぶると震えながら、その場に散らばった蠟燭や本を無意識のうちにかき集めていく。

その間も、つぶやきがとまらない。

「なんであれ、俺のせいじゃない。俺は悪くない。彼らが、勝手にやってきて、勝手に死んだんだ。……でなきゃ、悪魔の仕業《しわざ》だ。――ああ、きっと、そうだ。――悪魔がやったに違いない！　呼び声に応《こた》え、悪魔がやってきたんだ‼」

と――。

一瞬正気を失いかけた男の耳に、ふたたび別の馬車が近づいてくる音が聞こえた。しかも、今度の馬車は、先ほどのものより響きが重々しい。

おそらく、四頭立て馬車だろう。

だが、いったい、こんな夜更けに、しかもこのような淋《さみ》しい田舎道を、なぜこうも馬車が行き交うのか。

不思議に思いながら慌ててシダの茂みに身を隠した男は、そこで息をひそめて様子を窺《うかが》った。

そんな男の足元には、先ほど、馬車から投げ出されて砕《くだ》け散ったガラスの容器の破片と、その破片にまみれた一株の植物があったのだが、動揺している彼はまったく気づかない。

気づかずに、その上を踏みしだき、ケースもろとも、植物の痕跡《こんせき》を消し去ってしまう。

十九世紀中葉。

それは、ある夏至《げし》前夜の出来事であった。

第一章　忙《せわ》しない帰国

1

（波止場《はとば》は、どこも同じだな）

ニュージーランドから帰国したネイサン・ブルーは、プリマスの港を歩きながら思う。

蛇のようにとぐろを巻く舫《もや》い綱《づな》。

飛び交う怒声。

ここにも、首都ロンドンや他国の港と変わらない、退廃と荒々しさ、そして幾分《いくぶん》かの陽気さが入り混じった独特の雰囲気が存在した。

それでも、「帰ってきた」という実感がわくのは、少し前から嗅《か》いでいる匂いのせいだろう。

空気の芳香とでも言えばいいのか。

潮《しお》の香りに混じってかすかに漂《ただよ》う香臭《こうしゅう》のようなものが、彼の中に眠る郷愁《きょうしゅう》の念を刺激する。

あるいは、陽射しか。

イギリスの陽射しは、南国ほど強くはない。

いや、そうではなく、単純に聞こえてくる言語が原因か。

はっきりしたことはわからないが、なんであれ、ここが彼の生まれ育ったイギリスの港であることは、五感を通じてしっかり感じ取れた。

感慨《かんがい》にふけりながら海のほうを見ていたネイサンは、ふと誰かに呼ばれたような気がして背後を振り返る。

だが、そこには、船から荷卸《におろ》しをしている男たちがいるだけで、こちらに注意を向けている人の姿はない。

（おかしいな。……気のせいか）

あたりを見まわしながら首をかしげたネイサンは、ややあって苦笑する。

長旅で、少し疲れているのかもしれない。さすがにもう二十代前半の頃のような体力はないのだろう。

植物学者兼プラントハンター――しかも、ただのプラントハンターではなく、「公爵家ご用達《ようたし》」のプラントハンターとして最初に航海に出た時は、過酷《かこく》な船上生活や危険な未開地での生活にも疲れなど感じたことがなかった。その分、無謀《むぼう》であった感は否《いな》めないが、とにかくまったくの「疲れ知らず」でいられたのだ。

それが、年とともに体力は落ち、代わりに色々と知恵がついてきた。おかげで旅先での無駄が省《はぶ》けるようになり、危険を回避する術《すべ》も年々蓄積《ちくせき》されている。

（人生とは、まさに学びの連続だ）

ただ、年寄りじみたことを言っても、実際はまだ三十代前半だし、見た目だけで言うなら、二十代にしか見えない艶《つや》と張りを維持《いじ》している。

もともと異様に落ち着きがあって、実年齢より上に見られがちだったので、それがようやく逆転したというところか。

もしかしたら、生涯を通じて三十歳くらいに見られる容姿をしているのかもしれない。

淡い金色の髪にペパーミントグリーンの瞳。

すらりとした長身に、なんとも造型の美しい顔。

長い航海では陽光と風雨にさらされて過ごしているのに、なぜかその美貌《びぼう》は衰《おとろ》えない。

そのことを、幼馴染《おさななじ》みであり、彼の最大の後援者《パトロン》でもあるロンダール公爵などは、いつも不思議がっている。同時に、その美貌を損なってはならないと、口を酸《す》っぱくして言い続けていた。

ネイサンとしては、「人の顔のことなんか、頼むからほっといてくれ」と言いたいところであったが、言ったところで、公爵様の意向は変わらない。

世界の覇者《はしゃ》である大英帝国の中でも王族に継ぐ地位にある公爵ともなれば、それは、この世で何番目かに権力を持つ人間ということになり、残念ながら、たいていの我が儘《わまま》は通ってしまうのだ。

本当に世の中は不公平だと、ネイサンは常々《つねづね》思っている。

裕福な地主階級《ジェントリー》の出身で、上流階級との付き合いもあるネイサンではあったが、航海に出る者として社会の底辺にいるような人々とも付き合いはあって、その生活がどんなに大変であるかもよく知っていた。

個人的に見れば、公爵も船乗りたちも変わりはなく、良い人間もいれば、性悪な人間もいて、それらは身分や階級とはまったく別問題なのだ。

（ほんの少しでいいから、この貧富の差がどうにかならないものだろうか……）

考えていると、ふたたび呼ばれる。

「ネイサン」

今度は幻聴などではなく、振り返ったところに、彼の助手であるレベックが立っていた。

赤々と燃えあがる髪。

陽光に透けて金茶色に輝く瞳。

大地のエネルギーを受けてすくすくと育つ植物のように、なんとも清々《すがすが》しく、かつどこか浮世《うきよ》離れした青年だ。

その上、実際に植物の心が読み取れるという謎《なぞ》めいた性質の持ち主であるため、「比類なき公爵家のプラントハンター」と謳《うた》われるネイサンにとって、今ではなくてはならない存在にまでなっていた。

そうなるよう、ネイサンのほうでもかなり力を尽くしてきたつもりで、具体的に言うと、もとは庭師の下働きに過ぎなかった彼を自分の助手に引き上げ、植物を育てること以外にも様々な学びの場を設《もう》けてやり、この先、社会で成功していくチャンスを与えたのだ。

その甲斐《かい》あって、今の頼れるレベックが誕生し、少なくとも一人は、ネイサンの手で貧富の差を埋めることができたと言えよう。

もちろん、そこにはレベック側のたゆまぬ努力があってのことで、両者が力を尽くした結果、この望ましい状況が生まれたのだ。

ネイサンが答える。

「やあ、レベック。――ロンダール公爵家の馬車は見つかったかい？」

「はい。あちらに――」

遠方を指さしながら、レベックがすらすらと答える。

「それで、ついでに手続きもしておきました」

「ありがとう。いつもながら、やることが早いね」

例によって例のごとく、今回の旅でも、ロンダール公爵家の要望を受け、ニュージーランドからシダを中心とした新種の植物を数多く持ち帰ってきた。

ゆえに、積み荷のほとんどが公爵家宛てで、その輸送のための馬車が来ているというわけだ。

プリマスの港はロンダール公爵家の本拠地であるデボンシャーに位置するため、ひとまず「ロンダール・パレス」と呼ばれる公爵家の城に送る手はずになっている。

その後、積み荷はロンダール・パレスで仕分けされ、社交シーズン中の公爵の居城となっているロンドン市内のデボン・ハウスやロンドン郊外にあるチジックの城へと送られる。

仕分けには、採取の責任者であるネイサンも立ち会う必要があるため、彼らはこのあと、積み荷のあとを追う形で主人のいないロンダール・パレスへと向かう。

船がテムズ川に入る時は、たいてい、公爵自ら出迎えに来るのだが、さすがに今は公務があって、ロンドンを離れてまで来ることはなかった。

公爵家以外にも、積み荷の宛先はいくつかある。

今回の旅には、ロンドンの植物学会や王立協会、個人で言うと、ネイサンの学生時代からの友人であるドナルド・ハーヴィーが相棒と立ち上げた「ハーヴィー&ウェイト商会」などが共同出資しているため、各々《おのおの》の出資金額に見合った荷物を送ることになっている。

もちろん、ネイサンが個人用に収集した植物も存在し、それらの煩雑《はんざつ》な輸送のための手続きを、今ではレベックが、ネイサンの指示を待たずにすべてこなしてくれる。

その実力をもってすれば、そろそろ独立しても、十分一人前の商売人としてやっていけるだろう。

レベックの成長を頼もしく思いつつ、ネイサンは彼らを迎えに来た馬車のほうへと歩き始めた。

その半歩後ろをレベックが続く。

と――。

突然。

「ぎゃあああっ！」っと。

建物の陰から男の悲鳴と、人々がもめているような音が聞こえてきた。

二人が声のしたほうを見ると、路地の奥に、数人の男たちの間で一人の男がよろめくように膝をつく姿があった。

明らかに襲撃者たちとその被害者である。

「ネイサン！」

緊迫した声をあげたレベックを押し留めるように片手をあげたネイサンが、おのれは男たちのほうに足を踏み出しながら指示した。

「君は、官憲を呼びに行くんだ」

「――でも」

「いいから、急げ」

口答えを許さぬ口調で畳《たた》みかけ、後ろも見ずに敏捷《びんしょう》な身ごなしで男たちのほうへと走り寄る。

「おい！　貴様ら、なにをしている⁉」

振り返った男たちが、即座に臨戦態勢を取る。

ネイサンに向かってきた二人の男の背後では、血だらけのナイフを頭上高くかざした三番目の男が、地面に倒れ込んだ男にさらなる一撃を加えようとしていた。

「止めろ‼」

叫んだネイサンは、向かってくる襲撃者の一人をかわしながらその脇腹に膝蹴りを入れ、後ろから襲いかかってきた相手には、振り返りざま肘鉄《ひじてつ》を食らわせる。

そのどちらも急所をとらえていて、男たちはもんどりうって倒れた。

その間、数秒。

とんでもない戦闘能力である。

それらはすべて、自発的に身につけたというより、ロンダール公爵の――当時はまだ次期公爵であったが――親友になった時点で身につけざるを得なかった防衛の手段だ。位の高い人間の隣に立つ者として、いざとなったら身を呈《てい》して守る必要があったのだ。

もっとも、早い時分から鍛錬《たんれん》してきたからこそ、この容姿でも問題なく、荒くれぞろいの船乗りたちの中でやっていくことができた。そうでなければ、悲惨《ひさん》な目に遭《あ》い、とっくに航海に出る生活から足を洗っていただろう。

人生、なにが幸いするかわからない。

二人を瞬時に倒したネイサンに、最後の一人がナイフを手に向かってくる。

だが、相手には余計な殺人を犯す気はなかったようで、ネイサンが避けたことで開けた逃走経路を見逃《みのが》さず、なんとか立ち上がった仲間とともに、その場を一目散《いちもくさん》に逃げ出した。

ネイサンのほうでも、あえて追おうとはせず、急いで被害者のかたわらに膝をつく。

「おい、しっかりしろ！」

残念ながら、血溜まりの中に横たわる姿を見る限り、その男が助かる見込みはなさそうだ。

それでも、ネイサンは必死に声をかけた。

「おい、しっかりするんだ！　がんばれ！　もうすぐ、助けがくるからな！」

すると、わずかに目を開いた相手が、震える手を伸ばしながらなにか言った。

「……サン・ブルー」

どうやら、ネイサンの名前を知っているらしい。

「比類なき公爵家のプラントハンター」として名高いネイサンの名前は、その美貌とともに船乗りたちの間には知れ渡っているので、相手が彼を知っていても不思議ではない。

だが、なにかが気になったネイサンは、彼の上にかがみ込んで意思疎通《そつう》を図ろうとした。

「なんだ？　僕になにか言いたいことでもあるのか？」

「……こうにつたえ」

「こうにつたえ？」

なんとか聞き取ろうとするネイサンだったが、その努力も空《むな》しく、男はすぐに息を引き取った。

いったい、彼になにがあったというのか。

ネイサンに、なにを伝えたかったのか。

それになにより、もしかすると、先ほど誰かに呼ばれたように思ったのは気のせいなどではなく、この人物に呼ばれたのではなかったか。

だとしたら、彼は、ネイサンに用があったことになるわけだが、残念ながら、ネイサンのほうには彼にまったく見覚えがなかった。

虚空《こくう》を見つめる目を閉じてやり、十字を切ったネイサンの背後で、息のあがったレベックの声がする。

「ネイサン！　ご無事ですか⁉」

「ああ、僕はね。……ただ、彼は」

レベックと、レベックに連れられてやってきた制服姿の官憲に対し、目を伏せて首を横に振って見せたネイサンは、立ち上がりながら残念そうに付け足した。

「別の船に乗り、ここととは違う世界に旅立ってしまったよ」

2

ネイサンとレベックが、事情を説明するために官憲とともに歩き去っていくのを、遠くから眺めている男たちがいた。恰幅《かっぷく》のよい威風《いふう》堂々とした風情《ふぜい》の男のそばには、三人のやさぐれた様子の男たちが立っている。

彼らは、先ほどネイサンとやり合い、ほうほうの体《てい》で逃げ出した暴漢たちであった。

「それにしても」

恰幅のよい男が、誰にともなく言う。その手には、暴漢の一人から渡された、血だらけでぐしゃぐしゃの封筒が握られていた。

「まさか、このタイミングで公爵家のプラントハンターが現れるとは、な。――危ないところだった」

暴漢の中でもとくに残虐《ざんぎゃく》そうな、そして実際、先ほど被害者の男を刃物で刺し殺した男が、代表して答える。

「本当に」

「もし、公爵の親友と言われるあの男にこの手紙が渡っていたら、どうなっていたことか」

「おっしゃる通りで」

追従《ついしょう》する男をチラッと見やり、恰幅のよい男が言う。

「奴《ヤツ》が、あの公爵家のプラントハンターを呼び止めようとさえしなければ、もう少し人目のない場所で始末することもできたんだが、あんな人目のある場所で片を付ける羽目になったことは、こちらとしても痛恨《つうこん》の極みだよ」

「たしかに。あっしらも、焦《あせ》りました。——プラントハンターだかなんだか知りませんが、あの男、あんななよなよした顔をしていながら、めっぽう強いし」

恰幅のいい男が皮肉げに笑う。

「そのようだな。——てっきり、あのおきれいな顔で公爵に取り入った腑抜《ふぬ》け野郎だとばかり思っていたが、どうやら、そうではなかったようだ。『比類なき』という喧伝《けんでん》文句も、あながち嘘ではないらしい」

「ええ、まさに」

手下がうなずき、恰幅のいい男が、「とにかく」と続けた。

「とっさに身元のわかりそうなものは奪い取ったとはいえ、お前が殺した男の正体は、いずれわかってしまうだろう」

「そうですね」

「本当に、もともとの計画では、殺したあとで魚のエサにするはずだったんだが、まあ、しかたない。あとでわかったところで、これさえなければ——」

言いながら恰幅のいい男が手にした封筒を破り、中に入っていた手紙もろとも風に散らした。

男の手を離れたそれらの断片は、潮風に乗って海の上へ飛ばされ、しばらく海面を漂《ただよ》ったあと、やがて岸壁を打つ波の下へと沈《しず》み込《こ》んでいく。

それを見届けた男たちは、踵《きびす》を返し、何事もなかったかのように午後の陽射しの中を歩き去った。

3

一週間後。

英国の首都ロンドン。

そこから少し西に寄った場所に位置するハマースミスに、ネイサンの暮らすブルー邸《てい》はあった。

プリマスで騒動に巻き込まれたネイサンとレベックは、そこでしばらく足止めをくらい、その間に、ロンドンに送られた積み荷を追う形で、急ぎ馬を駆って戻ってきた。

おかげで、ロンドンには当初の予定より一日遅れただけで到着できた。正確には一日半ほどであったが、その日のうちに辿《たど》り着《つ》いているので、ほぼ一日と言っていいだろう。

長旅のあとの強行軍であれば、ふつうならへとへとになっているはずだが、ネイサンもレベックも比較的元気で、そんな二人を、ブルー邸の家令兼執事のバーソロミューがいつもと変わらない慇懃《いんぎん》さで出迎えた。

「お帰りなさいませ、ご主人様。長旅、お連れ様でした」

「ただいま、バーソロミュー」

「ただいま戻りました、バーソロミューさん」

「ああ、お帰り、レベック。今回も、ご主人様のお供《とも》、ご苦労だったね」

「いいえ。――いつもながら、ご主人様には大変よくしていただきました」

レベックは、ネイサンのことを表向き「ネイサン」と呼んでいるが、家内では「ご主人様」と呼ぶことも多い。

というのも、もともとはバーソロミューの下で働く身分であり、バーソロミューがネイサンを「ご主人様」と呼ぶ前で、「ネイサン」と呼ぶことに抵抗があるからだろう。

ただ、知っての通り、ネイサンとしては、彼のことをずっと下働きのままではなく、やがては独立して植物関係の仕事に就けるようにしてやりたいため、周囲の者たちから「使用人」というレッテルを貼られないよう、表ではあまりへりくだった態度を取らないようにさせていた。

その一環が、「ネイサン」という呼び方である。

それが功を奏し、ネイサンの知り合いの多くは、レベックのことを使用人ではなく助手として認識している。

ただし、家令兼執事であるバーソロミューと下働きに過ぎなかったレベックの関係性もよくわかっているネイサンは、家内では彼らの好きにさせていた。

バーソロミューのほうでも、そういうネイサンの意向と気遣いを十分理解していて、それを踏まえたやり方でレベックのことを扱《あつか》ってくれた。

レベックはレベックで、決して驕《おご》らず、自分の立場をわきまえた振る舞いをしてくれるので、ネイサンとしては、特に調整の必要を感じず、安心していられる。

今も、主従の邪魔をしないようスッと自分の部屋へと向かったレベックの背中を見送ったネイサンが、バーソロミューに上着を預けながら訊《き》く。

「それで、留守中、変わったことはなかったかい？」

「はい。今回は特に」

答えたあとで、「それより」と肝心《かんじん》な用件を伝えた。

「居間で、公爵様がお待ちです」

「え？」

驚いたネイサンが、訊き返す。

「リアムが？」

「はい」

「なんでまた。……わざわざ出向いてこなくても、こっちから行ったのに」

「それは、恐れながら私見を申し上げますと、公爵様は、一分一秒でも早くご主人様のお顔をご覧になりたかったのだろうと拝察いたします。なんと申しましても、プリマスにご主人様の乗られた船が入るという報が私どもの耳に入る数日前から、公爵様はたびたびこちらにいらして、『まだか、まだか』とごねておられたようですので」

「『ごねて』ね」

「リアム」というのは、現ロンダール公爵の愛称で、彼のことをそう呼ぶことが許されているのは、学友の中でもネイサンただ一人だ。

苦笑したネイサンが、ふと気づいて言った。

「それはそうと、今、君は『ごねておられたよう』と伝聞形式で言ったけど、他にごねる相手などいそうもないのに、君でないなら、リアムはいったいこの家の誰に向かってごねていたんだい？」

「そうですね」

少し考え込んだバーソロミューが、真面目《まじめ》くさって答えた。

「ある時などは、温室のソテツに向かってでした」

「ソテツ？」

繰り返したネイサンが、苦笑して言う。

「それはまた、随分《ずいぶん》と変なものに話しかけていたものだね」

「はい。――あるいは、その時、温室にてお茶の給仕をしておりました私におっしゃっていたのかもしれませんが、なにぶんにも、私には考えることが多過ぎまして、あまりきちんとは聞いておりませんでしたので」

つまり、公爵の来訪は、バーソロミューにとって仕事の邪魔以外のなにものでもなく、とても迷惑だったということだ。

たしかに、家令と執事が別にいる公爵家とは違い、家令兼執事のバーソロミューには、主人の相手をする以外にもやることがたくさんある。

そして、ふだん、本来の主人であるネイサンがほとんど手間要《い》らずの人間であるため、バーソロミューの仕事はなんなく成立していた。

「なるほど」

納得したネイサンが、謝る。

「それは、申し訳なかったね」

別にネイサンが悪いわけではなかったが、友人が家令兼執事の仕事の邪魔をしていたことは明らかであるのだから、その責任は彼が負うしかない。

そこで、ネイサンは、これ以上待ち人の機嫌が悪くならないよう、急いで着替えを済ませ、ロンダール公爵の待つ居間へと入っていった。

「やあ、リアム。ただ今――」

とたん。

「遅い、ネイト。僕を何日待たせる気だ？　このまま白髪頭《しらが》になるかと思ったぞ⁉」

挨拶《あいさつ》をすっ飛ばして、文句が返る。

第六代ロンダール公爵ウィリアム・スタイン。

栗色の髪にウィスキーブラウンの瞳を持ち、ネイサンほどの美貌ではないにしても、生まれながらに気品と優雅さを併《あわ》せ持った長身の美丈夫《びじょうぶ》である。

居間を飾る南国の植物の前に立ったウィリアムを見返し、愛称で呼ばれたネイサンが、溜息《ためいき》をついて応じる。

「リアム。久々に会ったというのに、第一声がそれかい？」

「悪いか？」

「まあ、いいけど」

ネイサンが片眉《かたまゆ》をあげて諦念《ていねん》を表すと、さすがに反省したらしいウィリアムが、「だいたい」と言い訳する。

「君、長旅のあとにしては、びっくりするくらい元気そうにしているから、今さら『元気だったか？』と訊くのも、なんかバカらしいし」

「そうか？」

これでもけっこう疲れたほうなのだが、見た目に出るほどではなかったようだ。

「うん」とうなずいたウィリアムが、「だが、まあ」と続ける。

「無事でなにより」

「ありがとう。——君も、元気そうだね」

「いや、そうでもないぞ」

バーソロミューが新しく淹《い》れたお茶のセットを運び込んできたので、二人は申し合わせたようにソファーに座り込んで話を続けた。

ウィリアムが訴《うった》える。

「このところの騒動で、僕はすっかり疲れているんだ」

「騒動?」

「そう。まさに、君がニュージーランドまで採りに行っていたシダを巡《めぐ》る騒動——いや、もはや『狂乱』というべきかもしれないが、とにかく、僕の日々はシダ漬《づ》けで、シダに関わらない日はないというくらい、シダ一色の日々が続いているんだ。そりゃ、疲れもするってもんだろう。僕は、別段、シダなんてそんなに好きというわけでもないのに」

注がれたお茶に手を伸ばしつつ、ウィリアムの怒濤《どとう》のような愚痴《ぐち》を聞いていたネイサンが、一区切りついたところで、「なんだかよくわからないけど」と同情を示した。

「大変そうだな」

「大変なんだよ」

そこで首をかしげたネイサンが、訊く。

「言われてみれば、僕も航海に出る前からちょっと不思議に思っていたけど、ロンダール前公爵夫人を筆頭に社交界のお歴々は、なぜ、今さら『シダ、シダ、シダ、シダ』、言い始めたんだ?」

「そんなの、僕が知るか」

つまらなそうに応じたウィリアムが、お茶を一口すすったところで、「ああ、でも」と言う。

「ガラス税の撤廃《てっぱい》は、大きかっただろうな」

「ガラス税の撤廃?」

ネイサンがキョトンとした顔でウィリアムを見る。

「ガラス税とシダが、どう関係するんだ?」

一見、まったく無関係のように思えたが、どうやらそうではないらしい。

その関係性を、ウィリアムが端的に表現する。

「そりゃ、当節のシダは、庭ではなく、美しいガラスケースの中に入れて観賞するものだからだ」

「ガラスケース。──つまり、巷《ちまた》ではウォーディアン・ケースで育てたシダの観賞が流行《はや》っているということか?」

「その通り。名付けて、『シダの匣《ファーナリー》』だ」

話に出た「ウォーディアン・ケース」というのは、ナサニエル・バグショー・ウォードが偶然の産物として使用法を発見したガラスの密閉容器のことで、ネイサンのようなプラントハンターたちにとって、長い航海中、植物を潮風から保護しながら輸送できる便利な道具であった。

それが、ガラス税の撤廃とともに進化を遂《と》げ、今では、観賞用として、様々な形のウォーディアン・ケースが売られているということのようだ。

そして、おのおの、趣向を凝《こ》らした「シダの匣《ファーナリー》」を持ち寄って観賞することが、現在、上流階級のご婦人方の間で大流行しているらしい。

「なるほど。室内で観賞するシダね」

ネイサンが、納得しながら続ける。

「たしかに、ロンドンでは、煙害の影響でシダを庭で育てるのは難しいから、ウォーディアン・ケースの中というのは、いいアイデアかもしれない。緑が映《は》えそうだ」

「そうなんだろうけど、その熱狂ぶりといったら、本当にすさまじくてね」

ウィリアムが、げんなりしながら説明する。

「ついには、『シダ狂い《テリドマニア》』なんて言葉まで出て来たくらいだ」

「『シダ狂い《テリドマニア》』？」

面白《おもしろ》そうに繰り返したネイサンが、「なるほど」と問う。

「それで、君も、その巻き添えをくっているわけか」

「その通り」

せめてネイサンがロンドンにいれば、逃げる口実も作れたのだろうが、不在中は、援護もなく、ひたすら我慢の日々だったのだろう。

それで、ずっと帰りを待ちわびていたのに、ここに来てネイサンの戻りが予定より遅れたものだから、機嫌が悪くなったというわけだ。

ウィリアムが、その不満をここぞとばかりにぶつける。

「本当に、意味もわからずあちこちのサロンに引っ張り出されて、おおわらわだよ」

「それはご愁傷《しゅうしょう》様」

ネイサンが、ニヤニヤしながら言った。

女性が多く集まるサロンなら、その多くは、現公爵の花嫁《はなよめ》選びという重大なテーマが背後に潜《ひそ》んでいたに違いない。

若き独身公爵として、社交界の注目を集め続けているウィリアムであるが、本人は女性よりも植物に興味があって、結婚の「け」の字もないのが現状であった。

だからこそ余計に、母親であるロンダール前公爵夫人としては、早急に息子の良き結婚相手を見つけたいと躍起《やっき》にならざるを得ないのだろう。

想像すると、同じ独身者として、たしかに同情すべき点はある。

それでも、あくまでも他人事《ひとごと》として気楽にお茶をすすっていたネイサンに対し、険呑《けんのん》な目を向けたウィリアムが、「言っておくが」と告げた。

「そんな風に涼しい顔をしてお茶なんぞすすっているが、君だって、戻ったからには、対岸の火事ではいられないからな、ネイト」

「――え？」

驚いたネイサンが、訊き返す。

「なんで、僕まで？」

三男坊であるネイサンは、ウィリアムと違って後継ぎを残す必要もなく、結婚は、したくなったらするし、このまま一生独身でも構わないと思っていた。

だが、いくら彼自身は、自由気ままな独身生活を謳歌《おうか》できたとしても、ウィリアムが親友である限り、その方面からのとばっちりは避けられないようだ。

ウィリアムが、説明する。

「母上は、君が採取してきた新種のシダに狂喜乱舞なさっていて、さっそくそれに合わせて新しく作らせておいたウォーディアン・ケースに配置なさったんだ」

「それは光栄至極だけど、まさか――」

「ああ、その『まさか』で、母上は、その新種のシダのお披露目《ひろめ》パーティーを開くことにしたから――まあ、要するに社交界のお歴々にその新種のシダとウォーディアン・ケースを自慢したいだけなんだが――、その際は、ぜひとも、君にそのパーティーに参加して、新種のシダの話や、それにまつわる旅の四方山話《よもやまばなし》を披露して欲しいとおっしゃっている」

「…………」

滅多《めった》なことでは動揺しないネイサンが、天を仰《あお》いで絶句する。

社交界嫌いは、なにもウィリアムの専売特許というわけではなく、ネイサンも、彼らのような自己顕示欲《けんじよく》が強く虚栄を好む人たちを相手にするくらいなら、自分の庭で孤独に植物の手入れをしていたほうがいいと考える性質だった。

だが、他でもない、ロンダール前公爵夫人の頼みとあっては断ることもできず、ネイサンは謹《つつし》んでその招待を受けることにした。

一難去って、また一難。

故国イギリスには、異国の森や渓谷《けいこく》とはまた違った種類の困難が待ち受けているようだった。

4

その日の夕刻。

ネイサンとウィリアムが尽きぬ話に花を咲かせていると、バーソロミューがやってきて慇懃に告げた。

「お話し中のところ、失礼します、公爵様《アワーロード》、ご主人様」

「ああ、構わないぞ」

「なんだい、バーソロミュー」

　二人の了承を得て、バーソロミューが伝える。

「恐れながら、表のほうに『ハーヴィー&ウェイト商会』のドナルド・ハーヴィー様がいらしていて、ご主人様に面会の申し入れをなさっておりますが、いかがいたしましょう?」

「ドニーが?」

　愛称で呼んだネイサンが指示を出す前に、横からウィリアムがつっけんどんに応じた。

「追い返せ」

「——リアム」

　ネイサンが諫《いさ》めるように呼んで白々した目を向けると、ウィリアムは子どものように唇をとがらせ、「だって、どうせ」と言い返した。

「彼と約束なんてしてないんだろう?」

「そうだけど、それを言ったら、君とだって、約束なんてしていなかったはずだ」

「僕はいいんだ。この家で優遇《ゆうぐう》される権利があるからな」

「そんなの、ブルー邸においては、ドニーも一緒だよ」

　あっさり言って、バーソロミューに答える。

「通してくれ。——ああ、いちおう、リアムが一緒であることを伝えてくれるかい?」

　念の為《ため》に付け足したのは、先に警告しておかないと、ハーヴィーのほうでも、どんなことを口にしながら入ってくるかわかったものではないからだ。

かように、ハーヴィーとウィリアムは、どちらもネイサンの学生時代からの友人で、いちおう仲間同士である。

ただ、すごく仲がいいかと言ったら、今の一件でも明らかなように、さほどいいほうではない。

どちらかと言えば、ネイサンを間に挟《はさ》んでの知人――といったくらいの関係性であった。

ネイサンに輪をかけて権力志向ではないハーヴィーは、昔から実力主義で知られていて、自分はもとより、他人にもそれを求めて憚《はばか》らない。

そんな彼からすると、ウィリアムは、生まれ持った権力がなければ、一人で歩くことすらままならない、ただの「能無し」ということになる。

実際はといえば、ウィリアムはそれなりに頭がいいし、なにより善人だ。

もちろん、ハーヴィーもそのことはわかっていて、だからこそ仲間として認めているのだが、やはり、ネイサンほど柔軟《じゅうなん》に好意を示すことはなく、折につけ、批判を口にする。おそらく、ハーヴィーにとって、公爵であるウィリアムと仲良くすることは、ふだん掲《かか》げている実力主義に反する行為に等しいのだろう。

いわば、自分への裏切りだ。

片やウィリアムは、たいていの人間が彼を公爵として持ち上げてくれるのに対し、真っ向から反発してくるハーヴィーのことが苦手だった。そこには、実力でのしあがってきたハーヴィーへの嫉妬《しっと》のようなものもあるのだろう。

事実、富も権力もない裸の状態で勝負した時、ウィリアムはハーヴィーに勝てる自信はない。

それがわかっているから、余計、彼のことを敵視してしまうのだ。

そのあたり、ネイサンに言わせれば、ウィリアムがハーヴィーのようになれないのと同じで、ハーヴィーがウィリアムの立場になった時にも、決してウィリアムほど鷹揚《おうよう》な公爵でいられるとは思えなかった。

つまり、お互い様だ。

ハーヴィーはハーヴィーであるがゆえに腕利《き》きの商人になったのであり、ウィリアムはウィリアムとして、これからも公明正大な公爵であってくれたらいい。

そして、そんな二人だからこそ、特にウィリアムのことなどは命を賭《と》しても守る気になるのだ。

颯爽《さっそう》と現れたハーヴィーが、開口一番、労《ねぎら》う。

「よお、ネイト、お疲れ」

黒髪に紺色の目をしたハーヴィーは、どこかエキゾチックな雰囲気を持つ色男だ。

おまけに、商人らしく言葉が巧《たく》みで趣味もいい。

昔から女性にも男性にも人気があり、近寄りがたい美貌を持つネイサンや気位の高いウィリアムなどよりずっと恋愛経験も豊富であるはずだ。

「やあ、ドニー、久しぶり」

「うん、相変わらず、美人だな。今回も、こうして無事な姿が見られてなによりだ」

「ありがとう」

立ちあがって出迎えたネイサンと抱き合って挨拶をかわしたハーヴィーが、ついでのようにソファーに座ったままのウィリアムにも声をかける。

「よお、ロンダール」

それに対し、片手を軽くあげただけのウィリアムを視線で示し、ハーヴィーが尋ねた。

「ああ、もしかして、語らいの邪魔をしたか？」

「いや、そんなことないよ。君が来てくれて、嬉しい」

とたん、ウィリアムが横から口を挟んだ。

「邪魔したと思っているなら、帰ればいいだろう。僕は、ネイトと大事な話をしているんだ」

「大事な話？」

繰り返したハーヴィーが、問うような視線をネイサンに向ける。

それに対し、ネイサンが否定の意を込めて小さく首を横に振ったので、ハーヴィーはここぞとばかりに「なるほど」と嫌みを飛ばした。

「どうやら、ロンダール、あんたとネイトでは、見解に大きく隔《へだ》たりがあるようだな。――まさに、イギリスとニュージーランドほどの隔たりだ」

「うるさいな」

「それに、今回ばかりは、寛大《かんだい》な俺も、あんたの我が儘を聞いてやっている暇《ひま》はない」

「暇はない？」

その言葉を繰り返したネイサンに対し、「ああ」とうなずいてから、ハーヴィーは続けた。

「だから、ロンダールがどうごねようと、今はきっちり邪魔をさせてもらうからな」

ウィリアムが、「ふん」と鼻を鳴らして言い返した。

「君が僕たちの邪魔をするのは、いつものことだろう」

「そうだっけ？」

「そうだ」

断言してそっぽを向いたウィリアムとは対照的に、気がかりそうな表情になったネイサンがハーヴィーに訊ねる。

「暇がないというのは、なぜだい？」

「それが、俺、明日の船で大陸に渡ろうと思っているんだよ」

「へえ」

相槌《あいづち》を打ったネイサンが、理由を問う。意外と言えば意外であったが、商売人であれば、急な渡航もあるだろう。

「目的は？」

「ある意味、傷心旅行だな」

「傷心旅行⁉」

これには驚いたネイサンが、「まさか」と尋ねる。

「君、失恋でもしたのかい？」

天下のドナルド・ハーヴィーに限って、そんなはずはないと思っていたら、案の定《じょう》、彼は笑って否定した。

「もちろん、振られたわけではないんだが、実は、君がいない間に、新種の作出において、俺はある男に大敗を喫してね。その巻き返しを図るためにも、ポルトガルあたりをまわってこようと思っている」

とたん、昨今のロンドン事情に詳《くわ》しいウィリアムが、「あ、わかったぞ」と訳知り顔で口を挟んだ。

「例のフクシアだな」

「ああ、そうだよ。――ていうか、それ以外にあるか？」

潔く認めたハーヴィーとウィリアムの顔を交互に見て、ネイサンが、「フクシア？」とつぶやく。

もちろん、フクシアそのものについては、それが可憐《かれん》な花であることはわかっているが、それを巡る一連の流れがまったくわからない。

それに対し、ウィリアムが楽しそうに説明する。

「このところ、市井《しせい》に生きる人々の間では、フクシアが急速に人気を博してきていて、素人《しろうと》園芸家も含め、品種改良が盛んに行われるようになっているんだ」

「へえ」

「で、ここ数年、こいつのところも大々的に品種改良に取り組んでいたようなんだが――」

「こいつ」というのは、もちろんハーヴィーのことをさしていて、ことさらニヤニヤしながらウィリアムは続けた。

「結果は惨憺《さんたん》たるもので」

「悪かったね」

合いの手を入れたハーヴィーのことはそのままにして、ウィリアムがやはり楽しそうに「代わりに」と報告する。彼にとって、ハーヴィーの不幸は蜜《みつ》の味であるようだ。

「それまでまったく無名だった素人園芸家が作り出した新種のフクシアが大人気を呼んで、一時期、コヴェント・ガーデンの花市場は、その新種で溢《あふ》れ返《かえ》ったくらいなんだ」

「へえ」

「当然、そいつは大儲《おおもう》けできて、ハーヴィーは骨折り損のくたびれ儲けだったってわけさ」

「ふん」

鬱陶《うっとう》しそうに鼻を鳴らしたハーヴィーの気分を鎮《しず》めるつもりで、ネイサンが訊く。

「で、我らがドナルド・ハーヴィーをさしおいて、幸運を手にした素人園芸家というのは、なんて名前なんだい？」

「トーマス・ルースという男だ」

「トーマス・ルース？」

本当に無名であるらしく、ネイサンもまったく聞き覚えがなかった。

ハーヴィーが苦笑して言う。

「君が知らないのも当然で、ロンダールも言ったように、ルースは、マジで完全なる素人園芸家なんだよ」

「ふうん」

「俺が聞いた話では、長年、どこかのお屋敷で下男として働いていて、その間、庭仕事の手伝いもする必要があったため、必然的に園芸に詳しくなっていったそうだ」

「なるほど」

納得したネイサンが、「それで」と続ける。

「定年を迎えたあと、趣味の一環で始めた品種改良で大当たりしたってわけか」

「ああ」

「本当にラッキーな話だな」

品種改良では、努力が徒労に終わることも多い。しかも、うまく新種が作出できても、それが市場に出回るようになるかは、また別の運に左右される。

「そうなんだよ」

認めたハーヴィーが、「ただ」と秘め事を告げるように若干《じゃっかん》声をひそめた。

「これは、あくまでもニュースの陰で囁かれている噂《うわさ》に過ぎないんだが、ルースがその屋敷で学んだのは、園芸の技術だけではなかったようなんだ」

「園芸の技術だけではない？」

ネイサンが訊き返し、同じように興味深そうな表情になったウィリアムが、横から尋ねた。

「それなら、ルースは、他になにを学んだんだ？」

「それが、ルースが長年勤めていた屋敷の主人は、今流行の黒魔術に手を染めていたそうなんだ」

「黒魔術⁉」

「黒魔術だって⁉」

異口同音に言ったネイサンとウィリアムが思わず顔を見合わせる。花にまつわる話が、なんともおどろおどろしい展開になったことへの戸惑いだ。

先に、ウィリアムが言った。

「たしかに、前世紀の終わりくらいから、我が国でも、特に上流階級の子息たちの間では、黒魔術を愛好するクラブのような、なんとも怪しげな団体が作られるようになってきたが」

「そうなんだ？」

知らなかったネイサンが訊き返し、ウィリアムが真面目くさってうなずいた。

「ああ。——実際、僕も社交界の知り合いで、何人か顔を思い浮かべることができる」

「へえ」

目を丸くするネイサンをそのままにして、ハーヴィーが「それで」と話を続けた。

「ルースも、主人を手伝って儀式に参加するうちに、どうやら黒魔術のことも学んだらしく、自分でも悪魔の召喚《しょうかん》ができるようになったというんだ」

「悪魔の召喚ね」

「そう。しかも、その話から、ルースが作出に成功した新種のフクシアも、実は彼の手柄《てがら》ではなく、悪魔が手を貸したおかげで成功に導かれたのではないかと、まことしやかに囁かれるようになったんだ」

「ほお？」

興味深そうに相槌を打ったウィリアムに対し、ネイサンは憤慨《ふんがい》したように応じた。

「それは、いくらなんでもひどすぎないか？」

「そうか？」

「ああ。だって、そんなの、完全に、成功した彼に対するやっかみじゃないか。素人だからって、新種の作出ができないわけではないだろうに、証拠もないのに、彼の努力を悪魔の手柄にしてしまうというのは、なんか違う気がするよ」

「まあ、たしかにね」

ハーヴィーが認め、ウィリアムも、これ幸いと、すぐさま態度を改めて突っ込んだ。

「本当に、ネイトの言う通りだ。そんなくだらない噂話を僕たちにするなんて、正直、往生《おうじょう》際《ぎわ》が悪いぞ、ハーヴィー」

「往生際が悪い?」

「そうだ」

そこで、人さし指をあげたウィリアムが、得々と諭《さと》した。

「なにをどう言おうが、君は素人に品種改良で負けたんだ。それでもって、大損した。——認めろ」

「だから、認めているだろう」

払うように手を振って言い返したハーヴィーが、「とはいえ、実際のところ」と付け足した。

「君は『大損』と言ったが、うちとしては、そこまでひどい痛手を被《こうむ》ったわけではないし、ウエイトなんかは、これも運だから仕方ないし、よくやったと慰《なぐさ》めてくれたさ」

「さすが、ウェイト氏だな。懐が深い。——僕なら、即刻店から蹴《け》り出《だ》しているところだ」

からかうウィリアムをチラッと睨《にら》んで、ネイサンが鼓舞《こぶ》するように尋ねた。

「それに、さっき言っていたように、君は巻き返しを図るつもりなんだろう？」

「まあな」

自信ありげにうなずいたハーヴィーが、断言する。

「見てろ。次のトレンドは、絶対に俺が作ってやる」

「うん。君なら間違いなく成功するよ」

信用を示したネイサンが、「どうやら」と続けた。

「すでに当てがありそうだし」

「そうなんだよ」

「へえ。――ちなみに、なにで当てようって？」

とっさに興味を示したウィリアムの問いかけに、ハーヴィーがチラッと迷うような視線を流す。

本来なら、企業秘密として言うべきではないのだろうが、ネイサンはもとより、ウィリアムも、さすがにこんなことで足を引っ張るほど悪趣味な性格はしていないため、ややあってハーヴィーは白状した。そこには、気心の知れた友人たちに、自分の斬新《ざんしん》なアイデアを自慢したい気持ちもあったのだろう。

「水仙だ」

「水仙？」

声を合わせて意外そうに応じたネイサンとウィリアムが、揃《そろ》って首をかしげた。

「なんで、水仙？」

ネイサンの問いかけに、ウィリアムが続く。

「たしかに。どうして、今さら水仙なんだ。——まあ、自惚《うぬぼ》れ屋の君が追い求めるには、ぴったりの花だが」

水鏡に映《うつ》る自分の姿に見惚《みと》れ、ついには花になってしまった美少年の伝説にかけた皮肉である。

そんなウィリアムを無視して、ハーヴィーが説明する。

「たしかに今さらなんだが、実は、この前、十七世紀に刊行された花の図録を見ていた時に、ふと、現在、わが国では見なくなった品種があるのに気づいたんだよ」

「ふうん」

「それで、あちこちに問い合わせて調べてみたら、どうやらポルトガルからスペインあたりには、今もまだ、その水仙が咲いていることがわかったので、それを見つけて種から育ててみようかと」

「実生《みしょう》か」

つぶやいたネイサンが、感想を述べる。

「それは、なかなか大がかりな計画だね。――でも、すごく楽しみだよ」

「だろう?」

実際、商売人としてのハーヴィーの勘はいい。フクシアだって、たまたま今回は運が味方しなかっただけで、方向性としては決して間違っていなかった。

ネイサンの興味を引いたことが嬉しかったらしく、ハーヴィーが相好《そうごう》を崩して告げる。

「まあ、楽しみにしていてくれ。結果が出るのは、来年になるか再来年になるかはわからないが、咲いたら、真っ先に君に見せるから、ネイト」

「それは、光栄だね」

和気藹々《わきあいあい》と会話する二人の横で、ウィリアムは一人、どうでもよさそうな顔をして紅茶をすする。どうやら珍しいもの好きの公爵様には、水仙はあまり響かなかったようである。

第二章　シダ狂《テリドマニア》いたちの宴《うたげ》

1

数日後。

六月半《なか》ばのけだるい午後に、ロンドン市内にあるデボン・ハウスでは、ロンダール前公爵夫人が主催する内輪のパーティーが開かれていた。

主役は、もちろん、帰国したばかりの「比類なき公爵家のプラントハンター」と、彼がもたらした新種のシダだ。

メインイベントとして、車輪付きの台座の上に載せられ、居並ぶ人々の前で恭《うやうや》しくお披露目《ひろめ》されたのは、大きくてフォルムの美しいウォーディアン・ケースだった。

その中に、ネイサンがニュージーランドで採取してきた数種類のシダが、いい塩梅《あんばい》で配置されている。陽光の下で葉の表面がキラキラと輝き、まさに「緑の宝石」と呼ばれるにふさわしい佇《たたず》まいだ。

「ほう」

「素晴らしい」

人々の間に、どよめきと感嘆《かんたん》の声が巻き起こる。

「なんて、美しいんでしょう」

「さすが、ロンダール前公爵夫人ですわ」

イギリスの社交界において、常《つね》に流行の最先端を走り続けているロンダール前公爵夫人は、生来、美的センスにとても優《すぐ》れていて、家具の配置にしても食卓の整え方にしても、見目麗《みめうるわ》しくすることに関しては右に出る者はない。

もちろん、実際に配置するのは使用人たちであるのだが、それらを監督するのは、女主人の役目であった。

目の前の「シダの匣《ファーナリー》」も、彼女の指示に従って庭師たちが手を尽くした逸品《いっぴん》だ。

とはいえ、もちろん、その功績はネイサンにもある。

彼が見つけて来た新種のシダは、すぐに集まった人々の垂涎《すいぜん》の的となっていく。

「それにしても、このシダの葉のつき方の珍しいこと！」

「こんなシダもあるのですね」

「たしかに、イギリスでは見かけない種類のようだわ」

「羨《うらや》ましい」

「本当に」

「なにより、あのブルー様が採取なさったものですし」

最後の褒《ほ》め言葉は、もはやシダではなく、ネイサンの美貌《びぼう》への傾倒がある気がしないでもなかったが、それでも、話題はそれらのシダに集中する。

誇《ほこ》らしげなロンダール前公爵夫人の隣に座るネイサンに、あちこちから質問が浴びせられた。

「それで、ブルー様、そのシダはどうやって見つけられたんですの？」

「それは、まあ、ふつうに森の中を歩いていてです」

「その時に危ないことは、ありませんでした？」

「もちろん、多々ありましたよ」

「例えば？」

ご婦人方だけでなく、ここには植物愛好家を自認する殿方も大勢来ていて、ネイサンの冒険譚《たん》には、ことのほかよく反応した。

「例えば、そうですねえ」

ネイサンが考えながら答える。

「ああ、そうそう。突然、雨がボタボタと降ってきたかと思ったら、それは雨ではなく、すぐに大きな山ヒルであることがわかって、あれは、さすがにみんなパニックになりました」

「そりゃ、大変だ」

「本当に。ブルー様でもパニックにおなりになることがあるなんて――」

「恐ろしい！」

「ええ、怖いわ」

「ご無事でなにより」

口々に人々が言う中で、扇《おうぎ》で口元を隠した女性が隣の女性に身を寄せて、「それで」とこっそり尋ねた。

「その『山ヒル』というのは、なんです？」

答える側も同じように扇で口元を隠して言う。

「さあ。私もよくは存じ上げませんけど、きっと、落ちてきたら困るモノでございましょうね」

なんともはや、頼りない。

そのひそひそ話を聞き逃《のが》さなかったウィリアムが、二人のほうを向いてこっそり教える。

彼は先ほどから、ネイサンの隣でなんとも退屈そうに欠伸《あくび》をもらしていたのだが、これ幸いと話をひっかきまわすことにしたらしい。

「お美しいお嬢様がた、山ヒルというのは、とてつもなく恐ろしい生き物でして、気づかぬうちに人の懐に入り込んでは、生き血を吸い取るんですよ」

「あら、怖い」

「まさに、吸血鬼ですわね」

するど、すぐにそんな二人の会話が伝播《でんぱ》し、これから真面目《まじめ》に新種のシダについて説明しようとしていたネイサンの出鼻をくじいた。

「え、吸血鬼ですって？」

「ブルー様、吸血鬼に襲われたんですの？」

ネイサンがびっくりして訊き返す。

「吸血鬼？」

彼にしてみれば、いったいどうしてそんな話題になっているのかがわからない。

「ええ、襲われたんですよね？」

「いや」

否定しようとするが、新種のシダの学術的な説明より異国の地に跋扈《ばっこ》する吸血鬼の話のほうが面白《おもしろ》そうだと踏んだ人々によって阻《はば》まれてしまう。

「やはり、吸血鬼は存在するんですね」

「だったら、クラーケンもいるんじゃないか？」

「伝説の大ダコですね」

「ブルー様は、ご覧になったことは？」

「――ありません」

「それなら、人魚は？」

「ないですね」

「バミューダ海域には、悪魔が棲《す》んでいるという話も聞いたことがあるぞ」

「……はあ」

「なんであれ、恐ろしいことですわ」

（大ダコに人魚に悪魔――）

どうして、そんな話になるのか。

ネイサンは混乱する。

そもそも、七つの海を制覇した英国人にとって、もはや怖いのは、伝説上の怪物などではなく、現地に住む人間と言えなくもない。

なんと言っても、独特な宗教儀式を持つ彼らとの意思疎通《そつう》に失敗すれば、恐ろしい死が待ち受けているからだ。

実際、生皮をはがれて殺された同胞《どうほう》がいるという話も伝え聞く。

もちろん、相手が取り立てて残虐《ざんぎゃく》なのではなく、その行為に崇高《すうこう》さや神聖さを求めてのことであろう。

ヨーロッパにおいても、大地がまだ暗い森で覆《おお》い尽《つ》くされていた頃には、生贄《いけにえ》の儀式が行われていたと推測されているくらい、宗教というのは、どの時代や地域においても、人の死とは切っても切れぬ関係にあるのだ。

だが、いまだ伝説の怪物たちを信じている——あるいは、信じたがっているお歴々は、口々にのたまう。

「ブルー様、十字架はお持ちでして？」

「ええ、いちおう」

「なんなら、私が教区牧師に言って新しいものを作らせますわ」

「それには及びません。——だいたい」

吸血鬼などいないと言いたかったのだが、それより早く、別の女性が「そうですよ」と会話に割って入った。

「そんなもの、必要ありません。だって、私が聞いたところでは、吸血鬼に効くのは玉ネギだそうですから」

「玉ネギ？」

「あら、ニンニクだったかしら？」

（……勘弁してくれ）

ネイサンが天を仰《あお》いで嘆息する。

シダの話をしようにも、話題はすっかりおかしなほうを向いてしまって、もはや軌道《きどう》修正などできそうにない。

まさに、暗礁《あんしょう》に乗り上げたと言えるだろう。

それもこれも、すべてウィリアムの責任であったが、そんなこととは露ほども知らないネイサンは、この状況に戸惑いを覚えている。少なくとも、ネイサンは、一言も「吸血鬼」の話などしていない。

一方。

原因を作ったウィリアムは、この状況を楽しんでいた。

というのも、ここに来ている人間は、ほとんどが虚栄心を満足させるためだけにシダに熱中しているのであって、本当にシダを愛しているわけではない。つまり、いくらネイサンが懇切《こんせつ》丁寧に説明したところで、だれも本気で耳を貸したりしないということがわかりきっているからだ。

事実、吸血鬼の話に興《きょう》が乗ってきた彼らは、もう誰一人としてネイサンに新種のシダの説明を求めなかった。

(つまり、僕はネイトのために、無駄を省《はぶ》いてやったんだ)

思惑《おもわく》通りになったことに満足しながらウィリアムがシャンパンのグラスに手を伸ばしていると、よくデボン・ハウスに出入りしているライリー伯爵夫人が「悪魔といえば」と話題をさらに歪曲《わいきょく》させていく。

ちなみに、デボン・ハウスは上流階級の人々にとって夏の社交場の一つとなっているが、その手の交わりが嫌いなウィリアムは、この館を社交好きな母親に任せ、自分は、ふだん、広い庭のあるチジックの城に引っ込んでいた。

必然的に、この館に出入りしている人々は、みなウィリアムの知り合いではなく、ロンダール前公爵夫人の友だちということになる。

ライリー伯爵夫人も、そのうちの一人だ。

「ブルー様は、シダの花をご覧になったことはありますか？」

「――シダの花ですか？」

「ええ、シダの花」

戸惑いを通り越し、すっかり気が抜けてしまっていたネイサンは、急に振られた質問に対し、

「ああ、いや」と考えながら言葉を探す。

「ありません。――というより、そもそも、シダは」

だが、言いかけたネイサンを止めるように服の裾《すそ》をグイッと引っ張ったウィリアムが、「今、彼も言ったように」と代わりに答えた。

『比類なき公爵家のプラントハンター』である彼をしても、まだ見たことがないそうです。

――でも、そういうご質問をなさるということは、もしや、誰か、ご覧になった方がおいでなのですか？」

「ええ、そうなんですよ」

ライリー伯爵夫人が、我が意を得たりとばかりに応じる。

その前では、ネイサンが眉《まゆ》をひそめてウィリアムに真意を問うような眼差《まなざ》しを向けていたが、それを無視して、ウィリアムはライリー伯爵夫人に「で」と話をうながした。

「いったい、どなたが？」

「それが、私も人から聞いた話なので、直接の知り合いというわけではないのですけど、友人であるミュラー夫人の、そのまた友人の知り合いだか使用人だかが、夏至《げし》の晩にお使い先から家に帰ろうと外を歩いていて、たまたま、道端のシダの茂みに花が咲いているのを見たそうです。――夜目にも鮮やかな赤い色をしていたということですけど」

「赤い色……？」

つぶやいたネイサンとウィリアムが視線をかわす。その具体性に興味がわいたのだ。

ライリー伯爵夫人が、「でも、ほら」と続ける。

「ご存知の通り、シダの花というのは滅多《めった》に見られないことで有名でございましょう？」

「……はあ、まあ」

複雑そうに答えるネイサンに対し、ウィリアムが「おっしゃる通り」と相槌《あいづち》を打つ。

そのことで自信を得たらしいライリー伯爵夫人が、「それで」とさらに言う。

「もし、花が咲いているところを見ることができたら、その人は幸運に恵まれたり、大金持ちになったりする――というようなことが言われていましたけど、まさにその通りで、その目撃したという女性は、その後、お金持ちの殿方と結婚して、今は幸せに暮らしていらっしゃるそうなんです」

とたん、目を丸くしたネイサンが、思わず訊き返した。

「……幸運に恵まれる？」

「そうですよ」

「シダの花を見て？」

「だから、そうですって」

初耳だったネイサンが「なんだ、そりゃ？」と思う前で、別の女性たちまでもが、うんうんとうなずきながらしゃべり始めた。

「シダの花がもたらす幸運については、私も耳にしておりますわ」

「私も」

「うちなんか、娘たちが、よく月夜の晩に庭に出て、シダの茂みを覗《のぞ》いたりしておりますもの」

「あら、ヤダ。うちもですよ」

他にも数人が、手をあげて同意を示した。

そんな人々を眺めながら、ネイサンは「もしや」と思う。

昨今の急激なシダ熱の裏には、このような不可思議な伝説の存在があったのではないか。

つまり、みんな、シダの観賞と称しつつ、ガラスケースの中で幻の花が咲くのを待っている

――？

　すると、ライリー伯爵夫人の隣にいる女性が、「あら、でも」と言った。

「あれって、たしか、夏至の夜に見るのがいいのではなかったかしら」

「いえ、前夜ですわ」

「え、そうなんですか？」

　まるで果物の食べごろを聞くような形で、奇妙な言い伝えが広がっていく。

　ライリー伯爵夫人が、「最近は」と告げた。

「女性だけでなく、殿方の間でも密《ひそ》かにシダの花を探す人たちが増えていらっしゃるようで、マッソン男爵など、財宝の在《あ》り処《か》を教えてもらえるからと、あちこちに人をやっては、シダの花を採取させようとしていると聞きました」

「まあ、あのマッソン男爵が」

「もっとも、あの方曰《いわ》く、花よりも、その花から落ちた黄金の種に秘密があるのだそうですけど」

「……種ね」

　またしても、とんでもなく奇妙なことを聞いたようにネイサンがつぶやく。

　だが、今度もウィリアムが目で「黙っていろ」と訴えてきたため、喉まで出かかっていた言葉を飲み込み、沈黙《だんまり》を決め込んだ。

その間にも、ライリー伯爵夫人が、「ただねえ」と秘め事を告げるように言った。

「シダの花を探す際は、重々気をつけないといけませんわ」

「え、なぜです?」

「あら、知りません?」

「ですから、なにを?」

数人の女性から怪訝《けげん》そうな視線を送られ、ライリー伯爵夫人は扇を翻《ひるがえ》しながら応じる。

「先ほど、どなたかが『悪魔』とおっしゃっていましたが、希少なシダの花は、まさにその悪魔が育てているため、花を見つけた際は、悪魔の隙をついて採取しないと、大変な目に遭うということですから」

(……悪魔が育てている?)

ネイサンが呆《あき》れを通り越して笑いそうになりながらウィリアムを見やると、さすがに、これには友人も苦笑を隠せずにいるようだった。

そんな彼らの思いとは裏腹に、話はどんどんこの時代の最先端である怪奇趣味を帯びていく。

「あ、それ、私も聞きました」

「私も」

「シダの花を見つけたら、悪魔に見つからないよう後ろ向きに歩かないといけないとかなんとか」

「いえ、そうではなく、なんらかの呪文を唱《とな》えるのではなかったかしら？」

「それより、相手が悪魔なら、当然十字架を持っていくべきですわ」

敬虔《けいけん》そうな女性が主張するのに対し、別の女性が「だけど、そもそも」と疑問を呈《てい》した。

「なぜ、悪魔は、シダの花を育てているのかしら？」

「さあ？」

「言われてみれば……」

「もしかしたら、悪魔もお金が欲しいんじゃないか？」

適当な返事が返ったところで、頃合いと判断したロンダール前公爵夫人が「なんであれ」と話に区切りをつけた。

「そのシダの花を見たという幸運な女性は、本当に幸運だっただけで、このブルー様でさえ見たことがないとおっしゃるような珍しい花を、そのへんの欲深い人たちに見つけられるはずがありませんわね」

「その通りですわ」

まさに、鶴の一声で、居並ぶ人々が彼女の言葉に追随《ついずい》する。

「お気の毒に。マッソン男爵という方は、骨折り損ですね」

「たしかに」

「うちの娘にも、あまり無駄なことはしないように注意しないと……」

「うちもだわ」

そこで、ここぞとばかりにウィリアムが、「まあ、みなさん」と陽気に断言した。

「もし、シダの花が本当にあるのだとしたら、間違いなく、見つけるのは、『比類なき公爵家のプラントハンター』であるネイサン・ブルーをおいて他にないでしょう。――なにせ、この男がその気になったら、この世に見つけられない花はありませんからね」

とたん、人々の間で拍手喝采《かっさい》が巻き起こり、その場はお開きとなった。

2

「言っておくが――」

ロンダール前公爵夫人の前を辞し、デボン・ハウスの長い廊下を歩き始めたところで、ネイサンが、隣を歩くウィリアムに文句を言った。

「僕にだって、見つけられない花はごまんとあるからな」

「へえ、そうなのか？」

「当然だろう」

断言したネイサンが、真面目くさって言い返す。

「だいたい、この一、二世紀の間に発見された新種の植物がどれほどの数にのぼるか、君だってわかっているはずだよな?」

「ああ、まあ、そりゃあね」

認めたウィリアムが、窓から入る西日にまぶしそうに目を細めながら「少なくとも」と答えた。

「それらをすべて積んでいたのだとしたら、ノアの方舟はあまりにバカでかくなり過ぎて、とてもではないが、嵐の海に浮くことはできなかっただろうってことくらいは、わかっているつもりだ」

神学談義にもつながりそうな言いように、ネイサンがすぐに反応した。

「ノアの方舟か」

「そう。それでも、あくまでも旧約聖書の内容が正しいと信じるなら、あの救済の方舟が風雨の中を四十日間漂《ただよ》った頃より、植物も昆虫《こんちゅう》も、おそらく魚や爬虫類《はちゅうるい》、哺乳類《ほにゅうるい》もそうかもしれないが、ずっとずっと種類が増えたことにしないと辻褄《つじつま》が合わない」

ネイサンが肩をすくめてつぶやく。

「……進化論だな」

「その通り」

認めたウィリアムが、「だが」と続ける。

「そうなると、今度はすべての生き物は神が最初の六日間に創造したと説《と》く『創世記』の大前提が覆《くつがえ》されるわけで、旧約聖書の内容そのものに大きな矛盾《むじゅん》が生じるってわけだ」

皮肉げに言ったウィリアムに対し、ネイサンも苦笑して応じる。

「まあ、すでに地質学者たちが、神が行ったとされる創世の年代について、異論を述べているからな」

「聖職者たちは、アダムに始まる僕らの先祖の年齢を足していくことで、おおよそ六千年だかそこいらの間に創世から現代まで来たと主張しているのだったか？」

「うん。十七世紀、アーマーの大司教ジェイムズ・アッシャーが算出したところによると、たしか、天地創造が行われたのは、紀元前四〇〇四年十月二十三日前夜ということだったはずだ」

「そりゃ、いくらなんでも短か過ぎるな」

「そうだね」

うなずいたネイサンが、彼方《かなた》を見つめて説く。

「人間を始めとする生き物たちは、もっとずっと長い年月をかけて進化を遂《と》げてきた。それこそ、気の遠くなるような時間をかけてだ」

「ああ、そうだな」

「そして、そう言われ始めてからすでに長い年月が経《た》っているけど、ここにきて、ついにその集大成とも言えるような論文が出る可能性がある」

ネイサンの言葉に、歩きながらウィスキーブラウンの瞳を向けたウィリアムが、「もしかして」

と尋ねた。

「チャールズ・ダーウィンのことを言っているのか?」

「そうだけど」

不思議そうに応じたネイサンが言い返す。

「君が、彼を知っていたとは意外だな」

「そうか?」

「うん」

ウィリアムが、前方に視線を戻しつつ教える。

「たしかに、僕とダーウィンは直接的にはまったく接点はないんだが、実は、先日、母上が新しく作らせようとしている茶器類のデザインのことでウェッジウッド氏がこの家を訪ねてきて、その時に、ダーウィンの話を色々と聞かされたんだよ。――ほら、チャールズ・ダーウィンは彼の甥《おい》にあたるから」

「ああ、そうだってね」

有名な陶工の名前は、ネイサンも耳にしている。

ウィリアムが、推測する。

「あんな話を僕に聞かせた裏には、おそらく、今後、甥っ子のために、なにがしかの後ろ盾《だて》になってもらいたいという想いがあったのだと思うが」

「なるほど」

納得するネイサンに、ウィリアムが訊いた。

「そういう君は、彼とどこで知り合ったんだ？」

「以前、ケネスを通じて。――二人とも、ロンドンの昆虫学会の会員なんだよ」

「ああ」

あまり昆虫好きではないウィリアムが、わずかに眉をひそめて応じる。

名前のあがった「ケネス」は、フルネームを「ケネス・アレクサンダー・シャーリントン」と言い、シャーリントン伯爵家の次男坊で、二人の共通の友人であった。

昔から、大の昆虫好きで、ケネスにとって、植物はすべて虫のエサとなる。

ネイサンが続けた。

「僕は、『ビーグル号航海記』を読んで、チャールズ・ダーウィンという人物にとても興味を持っていたから、ああして知己《ちき》を得られて光栄だったんだけど、その彼から、以前、彼が著《しる》した進化論についての原稿が送られてきて、一読してぜひとも意見を聞かせて欲しいとの手紙が添えられていたんだ」

「へえ」

面白そうに受けたウィリアムが、訊く。

「で、読んだのか？」

「もちろん」

「どうだった？」

「素晴らしい出来だったよ。――あれは、きっと後世に残る本になる」

「ほお」

「ただ、出版するとなった場合、さしあたっての問題は、ヴァチカンだろうな」

「ああ、たしかに」

ウィリアムも、訳知り顔で同意した。

「いくら、我が国があちらと袂《たもと》を分かっているとはいえ、彼らの目はあちこちで光っているし、事実、チャールズ・ダーウィンの祖父であるエラズマス・ダーウィンの書いた本は、禁書目録に加えられているくらいだ」

「『ゾーノミア　あるいは有機生命の法』か」

感慨《かんがい》深く応じたネイサンが「実は」と白状する。

「学生時代に、君のお父上の蔵書の中にあったものをこっそり読ませてもらったけど、あの時は、天地がひっくり返るくらい衝撃を受けたよ」

「へえ」

「なんたって、彼曰く、我々人類も含め、すべての生命体は一本の『フィラメント』に発するというんだから、斬新《ざんしん》極まりない。当時、その考えを受け入れるのに、僕なりに随分《ずいぶん》と時間がかかったっけ」

「そういえば、君、なんかやたらと小難しい顔をして考え込んでいる時期があったな」

「うん。本当に、衝撃だったんだ」

懐かしそうに弁明するネイサンに対し、「僕は」とウィリアムが言う。

「彼の残した詩が好きだった」

「ああ」

合点したように指を鳴らしたネイサンが、該当《がいとう》する詩のさわり部分を詠《うた》う。

「『生命は、果てしなき波の底に生まれ……』ってやつだろう?」

「そう」

「エラズマスの理論では、海で誕生した生命は、その後、環境に適応する形で個々の形態を獲得してきたということのようなんだけど、その場合、君がさっき言った通り、聖職者が算定した年月では、とてもではないが足りそうにない」

「そうだな」

うなずいたウィリアムが、「このまま」と続ける。

「聖職者と進化論者、双方の主張を受け入れるなら、明日の朝には、僕の額ににょっきりと大きな角が生えていてもおかしくないことになる」

「それはすごいな」

笑ったネイサンが、付け足した。

「ついでに、尻尾も?」

「――僕は、悪魔か?」

「だとしたら、ぜひとも、幻のシダの花を育てて欲しいものだけど……」

先ほどのパーティーでの珍妙な話題に戻ったところで、ネイサンが「そういえば」と尋ねた。

「さっきは、なんで、あんな与太話《よたばなし》を真に受けるような態度をとったんだ?」

「与太話?」

「ああ。――まるで、シダに花が咲くような口ぶりでさ」

「ああ、あれね」

納得したウィリアムが、ニヤニヤしながらのたまった。

「だって、咲いたら、楽しいじゃないか」

「は」

バカバカしそうに息を吐いたネイサンが、先ほど口止めされた鬱憤《うっぷん》を晴らすように告げた。

「わかっていると思うが、シダは隠花植物《クリプトガム》だから、花はおろか種もできない。――あれらは、『胞子《ほうし》』と名付けられた形態で増えるものだからな」

「知っているさ」

あっさり認めたウィリアムが、「だが」と言う。

「あそこにいた連中に『胞子』なんて言ったところで、一から説明しないとならない。それでも、せいぜいが『隠花植物《クリプトガム》』という言葉に、なにやら怪しげな喜びを見出《みいだ》すくらいだろう」

「『秘密の結婚』とか？」

「そうだ」

「まあ、それは、君の言う通りかもしれない」

「だろう？」

得たりとばかりに顎《あご》をあげたウィリアムが、「だったら」と主張する。

「あえて彼らの夢を壊すようなことを言わず、ただ『はいはい』と聞いていればいいんだよ。――実際、なかなか面白い話だったじゃないか」

「たしかに」

うなずいて、その時の会話を思い返すように考え込んだネイサンが、ペパーミントグリーンの目を細くして言う。

「ちょっと思ったんだけど、話に出てきた『赤い花』というのは、いったい、どこから出てきたものなんだろうね。正直、その点については、興味があるよ」

「そうだな。僕も気になった」

やはり、二人とも、すべてが夢想めいた話の中で、花の色だけが具体的に「赤」とされていたことに、違和感を覚えていたようである。

言い換えると、それがシダの花であるかはともかく、そう思わせるくらい幻想的な赤い花が、その場に咲いていた可能性は否定できない。

もっとも、全体が曖昧《あいまい》過ぎて、今の段階ではすぐに調べてみる気にはならなかった。

と、その時。

ふいに、ネイサンが呼ばれる。

「ネイサン・ブルー！　――ネイト！」

3

振り返ると、廊下の先から、美人で溌剌《はつらつ》とした女性が軽やかな足取りで走り寄ってくる姿があった。

艶《つや》やかな黒褐色《ブルネット》の髪に宝石のような青い瞳。

細身なわりに胸は豊満で、どんな服でも似合いそうな体型《プロポーション》をしている。

驚いたネイサンが、勢いに任せて腕の中に飛び込んできた女性を抱きとめながら言った。

「うわっ。え、フィリス!?」

「ええ、久しぶり、ネイト！」

「たしかに、久しぶりだ、――っていうか、君、インドから戻ってきたんだ？」

「そうよ」

「いつ？」

「貴方とほぼ一緒くらい」

そこで、ネイサンが確認のためにウィリアムを見れば、彼は認めるように軽くうなずいてみせた。その落ち着いた様子からして、彼のほうは、すでに彼女との対面を果たしていたようである。

フィリス・エルボア。

ウィリアムの母方の親戚《しんせき》で、年は彼らより下だが、三人は幼馴染みとして育った。

ただ、ウィリアムとネイサンが当然のように名門校であるイートンに進んだのに対し、彼女だけはわずかに遅れて女学校に入学し、その後間もなく、インドの駐在員となった父親について向こうに渡ってしまったのだ。

以来、手紙のやり取りこそあったのもの、航海で留守にしがちなネイサンがこうして彼女と相《あい》まみえるのは十年ぶりくらいのことである。

ネイサンが、感動しながら言う。

「そうか。それにしても懐かしいな。僕がカルカッタに行った時は、君が、たまたまロンドンに戻っていたから、すれ違いになったし」

「そうそう」

悔《くや》しそうに受けたフィリスが、続ける。

「あの時は、あとで知らせを聞いて、船の上で地団太を踏んだものよ。——なんといっても、あの異国の地で、貴方と会う機会を逃したんだから」

それから、ネイサンの顔に両手を当て、「でも」と告げた。

「過ぎたことは過ぎたことよ。それより、今はそのきれいな顔をよく見せて。——もう、や～だ～。噂《うわさ》通り、本当にいい男になったのね」

「そういう君も、きれいになって」

「ありがとう。——なら、結婚する？」

「ああ、いいね」

ネイサンが軽く応じたのは、竹を割ったような性格で冒険心に富み、常にユーモアを絶やさない彼女のことが、昔から大好きだったからだ。

だが、そんな二人の冗談めいたやり取りを、ウィリアムが慌てた様子でさえぎった。

「それは、ズルい」

フィリスが、ネイサンの首にぶらさがったままウィリアムを振り返って訊く。

「あら、なぜ？」

言ったあとで、すげなく付け足した。

「私、貴方《あなた》とは結婚しなくてよ、リアム」

「それは、僕も同じだよ」

「なら、ほっといてよね」

「いや、ほうっておけない」

「だから、なんで？」

そこで、ようやくネイサンから離れたフィリスが、正面からウィリアムと向き合って尋ねる。

誰が見ても魅力的な女性であるフィリスは、とっくに幸福な結婚をし、子どもの一人や二人いてもおかしくないのだが、その好奇心と冒険心が祟《たた》って、いまだ独身を貫《つらぬ》いている。

ウィリアムが、指を振って答えた。

「ネイトも君も、僕の大事な幼馴染みなんだ」

「そうね」

認めたフィリスが、訊き返す。

「だから？」

否定される意味がわからないと言わんばかりの口調であるのに対し、我《わ》が儘《まま》な公爵様は堂々と主張する。

「その二人がくっついてしまったら、この僕がのけ者になるだろう。――そんなのは許せない」

「また、子どもじみたことを」

呆れたように手をひらひら振りながら応じたフィリスに、ウィリアムが「それに」とネイサンをチラッと見て告げた。

「ネイトは、以前、僕が結婚するまでは結婚しないと約束してくれた」

「え、そうなの？」

びっくりしたフィリスが確認するようにネイサンを振り返ると、顎に手を当てて少しばかり考え込んだネイサンが、「そういえば」と心許《こころもと》なげに応じる。

「学生時代に、酔《よ》った勢いで、そんな約束をしたことがあったかもしれない」

ただし、ネイサン自身は、今の今まですっかり忘れていたくらいだ。

ウィリアムが断言する。

「『かもしれない』じゃなく、言ったんだ。――僕はしっかり覚えているぞ」

フィリスが言い返した。

「だとしても、学生時代の約束なんて――、しかも、飲みの席での約束なんて、もうどうでもよくない？」

「よくなくないね！」

「それ、どうでもいいってこと？」

「違う。よくないってことだ！」

ほとんど子どもの駄々である。

だが、公爵様の駄々が、ただの駄々ではないことを知っているフィリスが、「それなら」と

命令する。

「とっとと結婚しなさい、リアム。私が、いくらでも相手を紹介するから」

「間に合っているよ！」

言下に断ったウィリアムを意外そうに眺め、フィリスが「たしかに、そうか」と考えを改める。

「言われてみれば、あの叔母様が、いつまでも貴方を独身のままにさせておくわけがないものね」

それから、青い目を細めて推測した。

「もしかして、今日も、新種のシダのお披露目をダシに、貴方の結婚相手を見つけようとなさっていたとか？」

不満そうに口を引き結んだウィリアムに代わり、ネイサンが苦笑して応じる。

「ご推察の通り」

「それは、ご愁傷《しゅうしょう》様」

笑ったフィリスが、「でも、ちょうどいいわ」と告げる。

「ネイサンと私のためにも、早く結婚してちょうだい」

どうやら、フィリスの中では、すでにネイサンとの結婚は互いの合意が得られたものになっているらしい。

ウィリアムが舌を出して応じる。

「ふん。こうなったら、なにがなんでも結婚なんてしてやるものか。死んでもしないぞ！」

そこで、ネイサンと顔を見合わせたフィリスが、「まあ、いいけど」と言ってから、改めてネイサンに尋ねる。昔からそうであったが、フィリスとウィリアムの言い合いは、どこまでが本気で、どこまでが冗談か、よくわからない。

「それより、ネイト、貴方に会ったらお願いしようと思っていたことがあって」

「ああ、なんだい？」

「私に、新種のシダを少しばかり譲《ゆず》ってもらえないかしら？」

希望を伝えたあとで、その理由を説明する。

「というのも、この一年ほど床に臥《ふ》せっている友人がいて、彼女のために、今流行《はや》りの『シダの匣《ファーナリー》』を作ってあげようと思っているの」

「それはいいけど、君の友人ということは、まだ年も若いだろうに、ご病気なのかい？」

「それが、病気と言っても『気鬱の病《メランコリー》』のほうですって」

「『気鬱の病《メランコリー》』？」

意外そうに訊き返したネイサンが、続ける。

「生来的なもの？」

「いいえ」

首を横に振りつつ、フィリスが答える。

「元は、私と同じで、とても元気で陽気な人だったのに、なんでも、彼女曰く、去年の今頃、家の近くで悪魔を見てしまってからというもの、その恐ろしさから気分が塞《ふさ》ぐようになったとかって」

「悪魔？」

「ええ、そう。びっくりでしょう？」

ネイサンの反応を当然のこととして受け止めて、フィリスは続ける。

「悪魔って、本当にいるらしいのよ。——少なくとも、私の友だちは、そう主張している」

そこで、ネイサンとウィリアムが、もの言いたげな視線をかわした。

というのも、彼らの場合、悪魔の存在云々《うんぬん》以前に、つい今しがた、シダを育てているという奇妙な習性を持つ悪魔の話を聞いてきたばかりだったからだ。

どうやら、当世の流行は、シダの観賞だけでなく、悪魔の話のほうも盛んであるらしい。

ネイサンが訊く。

「だけど、そのお友だちは、また、なんでそんなものを見たんだろう？」

「理由はわからないけど、彼女の話では、自宅の庭で新種の蛇を見かけたから、そのあとを追って行ったら、悪魔を見てしまったって」

「……蛇？」

さらりと口にされたが、それもまた、女性が追うにはおかしなものである。

だが、フィリスは、相も変わらずさらりと説明を加えた。

「そのお友だちとは、『爬虫類愛好家連盟』の会合で仲良くなったのよ」

「『爬虫類愛好家連盟』?」

「ええ」

「そんな集まりがあるんだ?」

「あるわよ。毎月一度、珍しい蛇やトカゲを持ち寄って、その素晴らしさを語り合うの。それに、人によっては、新種の報告をしたり、好きな爬虫類の習性などを研究した論文を発表したりもするし」

「なるほど」

考えてみれば、フィリスは、昔から宝石よりも、変な色のトカゲや、時にはカエルなどをもらったほうが喜ぶような女性だった。

それが高じて、いっぱしの愛好家になったらしい。

(……もしかして、彼女と結婚するのは、もう少しよく考えてからにしたほうがいいのかもしれない)

ネイサンは、心中で思う。もちろん、先ほどの結婚話が、冗談でないとしてのことだが——。

それはそれとして、ネイサンが言う。

「シダの件は了解したよ、フィリス。――あとで、適当にみつくろって家に送っておく」

「ありがとう、ネイト」

礼を述べたフィリスが、「それじゃあ」と暇《いとま》を告げた。

「名残惜《なごり》しいけど、このままずっと立ち話をしているのもなんだし、私は叔母様に顔を見せに行ってくるわ」

「それなら、急いだほうがいい」

背中を押すようにして応じたネイサンに、フィリスが青い瞳を向けて誘う。

「今度、ゆっくりお茶でもしましょうね、ネイト」

「もちろんだよ」

とたん、ウィリアムがすねたように言った。

「なんだ、僕は、誘ってくれないのか？」

それに対し、フィリスが笑って応じる。

「貴方の場合、誘わなくても、勝手についてくるじゃない」

さすが、長い付き合いであれば、ウィリアムの性格を知り尽くしている。

そのまま、立ち去りかけたフィリスが、「あ、そうそう」と数歩先で立ち止まって言った。

「忘れるところだったけど、二人とも、例のインドのお友だちは残念だったわね。お悔やみを申し上げるわ」

「——ああ」

急に声のトーンを落としたウィリアムと、唐突にお悔やみを述べたフィリスを交互に見て、ネイサンが尋ねる。

「インドのお友達？」

どうやら、誰かが亡くなったようだが、ネイサンにとってはチンプンカンプンの話題であった。

気づいたウィリアムが、「そういえば」と教えてくれる。

「バタバタしていて、君にはまだ話していなかったが、カルカッタの植物園に駐在していた我らが友人、アーマード・ブレイブスが、少し前に向こうで亡くなったんだ」

「ブレイブスが⁉」

驚いたように訊き返したネイサンが、続けて尋ねる。

「なぜ？」

「事故と聞いている」

「そんな——」

アーマード・ブレイブスというのは、二人にとっては学生時代の友人の一人で、年齢は彼らより幾《いく》つか年上であったが、よく一緒に飲みに行ってバカ騒ぎをした仲である。

数年前、ネイサンがインドに蘭《らん》の採集に行った時もなにかと世話になり、帰国した折には、またみんなで飲みに行こうと約束していたのだ。

衝撃を受けたネイサンが、つぶやく。

「あのブレイブスが亡くなったなんて……」

そんなネイサンを痛ましげに眺めていたフィリスが、しばらくして、迷うような口ぶりで言い出した。

「本当にお気の毒なことだし、もしかして、こんなこと、今言うべきではないのかもしれないけど」

「なんだ？」

言葉をなくすネイサンの代わりにウィリアムが聞き返し、フィリスが「実は」と答えた。

「今しがた、リアムは『事故』と言ったけど、現地では、彼の死は、事故ではなかったんじゃないかと言われていて」

「――事故ではない？」

「ええ」

不信感を顕《あら》わにするウィリアムに向かい、フィリスが両手を開いて説明する。

「もちろん、私は現場に居合わせたわけではないからたしかなことは言えないし、今さら調べ直すのも無理な話だけど、そのブレイブスという人は、十年前に行われた大がかりなヒマラヤ探検における、なんらかの重大な秘密を知ってしまったらしいと、もっぱらの噂なのよ」

「重大な秘密だって？」

「そう」

「どんな？」

「知らない。——知るわけがないじゃない。もしみんなが知っていたら、それはもはや『秘密』でもなんでもないし」

「まあ、そうなんだろうけど、でも、そうか、十年前……」

なにか思うところがあるようにつぶやいて口を引き結んだウィリアムに対し、フィリスが、「とにかく」と教えた。

「ブレイブスという人が、なんらかの秘密を知ったせいで、その口封じのために殺されたのだと一部の人たちが話していたのは、紛《まぎ》れもない事実よ」

4

翌日。

ネイサンは、ハマースミスの自宅の庭で、レベックとともにニュージーランドから持ち帰った植物の手入れをしながら、ぼんやりと考え込んでいた。

（……ブレイブスが死んだ）

職業柄、知人の訃報《ふほう》には慣れているほうだが、ここまで身近な人間が亡くなると、さすがに心が重くなる。

アーマード・ブレイブスは、清廉《せいれん》潔白な人柄《ひとがら》でみんなから好かれ、庭園技術者としても優秀だった。近々インドから戻ることになっていて、その後は、キュー植物園で、それなりのポストが用意されることになっていたはずだと、ウィリアムから聞いていた。

その彼が、なぜ死なねばならなかったのか。

しかも、フィリスの言葉を信じるなら、彼はなんらかの秘密を知ってしまったために殺されたかもしれないのだ。

（十年前の探検における秘密だって？）

いったい、インドの地でなにがあったのか。

その頃、ネイサンは南米に出かけていて、本国にもいなかった。

間違いなく、その間に起きた出来事である。

（そういえば……）

ネイサンは、ふと思う。

（あの男も、インドから戻ったばかりということだったな）

ネイサンがニュージーランドから帰国した日、プリマスの港で命を落とした男がいた。

詳細《しょうさい》はまだ判明していないが、当日の目撃情報などから、彼が、あの日、インド方面から来た船に乗っていたことだけはわかっていた。

その彼が、死の間際にネイサンのことを認識し、なにか伝えようとしていた。

もちろん、あとから考えてみても、ネイサンのほうに思い当たる節はなかったのだが、ここに来て、同じインドという共通点が、少し気になった。

(彼、まさか、ブレイブスのいたカルカッタの植物園となにか繋《つな》がりがあったりしないか?)

もし、繋がりがあるなら、それはもはや偶然の一致では済まされなくなりそうだ。

(それとも、そんな風に思うのは、僕の考え過ぎか?)

考えながら、表情はずっと翳《かげ》ったままだ。

一緒に庭いじりをしているレベックが、そんなネイサンを先ほどから気がかりそうにチラチラと見ていた。

話しかけていいものか。

それとも、黙っていたほうがいいのか。

彼なりに判断に迷っているのだろう。

すると、そこへバーソロミューが現れて、告げた。

「ご主人様」

「——ああ、なんだい?」

ハッとしたように顔をあげたネイサンに、バーソロミューがいつもと変わらない落ち着いた口調で告げた。

「お仕事中すみませんが、表に、ケネス・シャーリントン様がいらしてます」

「ケネスが？」

現実に意識を引き戻されたネイサンが、すぐに表情を明るいものに変えて応じる。帰国してこの方、ケネスとはまだ顔を合わせていない。つまり、彼に会うのも、二年ぶりくらいのこととなる。

「それは、嬉しいな。居間に通してくれ。着替えて、すぐに行く」

「かしこまりました」

慇懃《いんぎん》に応じたバーソロミューが、「あ、それと」と家に入ろうとしていたネイサンを呼び止める。

「ケネス様がおっしゃるには、レベックともしばらく会っていなかったから、彼の手が空《あ》いているようなら、一緒にお茶をしたいということでした」

「ああ、そうか」

ネイサンの努力が功を奏し、友人たちの多くはレベックのことをネイサンの大事な助手として、仲間意識を持ってくれている。

もちろん、レベックのほうから進んで会合に加わることはなかったが、こうして仲間たちのほうから声をかけてくれることも増えていた。

「どうする、レベック？」

ネイサンが意向を問うと、「そうですね」と少し考えてからレベックがおずおずと申し出る。

「ケネス様には僕もお会いしたいので、もし、問題がないようでしたら、ぜひ同席させてください」

「もちろん、構わないさ」

応じたネイサンが、バーソロミューに告げる。

「ということだから、申し訳ないが、彼の分もお茶を用意してやってくれるかい？」

「かしこまりました」

バーソロミューが恭しく受け、レベックに着替えてくるように告げた。

十分後。

ブルー邸《てい》の居間で、ネイサンは旧友との再会を果たす。

「ケネス」

呼びかけに応じ、ケネスは見ていた花の前でパッと振り返った。その花は、ネイサンが今回の旅の途中、寄港した喜望峰《きぼうほう》で仕入れたグラジオラスで、まだイギリスでは珍しい花の一つであった。

「ああ、ネイサン！　レベックも！」

ケネス・アレクサンダー・シャーリントンは、ボサボサの髪をしたパッと見にあまり冴えない様子をしているが、薄緑色の瞳だけはやたらとキラキラ輝いていて、子どものようにどこか愛嬌《あいきょう》のある人物だ。

無類の昆虫好きであることは周知の通りで、せっかくネイサンが苦労して蒐集《しゅうしゅう》してきた異国の珍しい植物も、彼の前ではただただ昆虫たちの寝床《ねどこ》と化してしまう。

今も、グラジオラスを前にして彼が見ていたのは、葉っぱの裏だ。

昔とまったく変わらない友人の行動に苦笑しつつ、ネイサンは腕を伸ばして抱き合った。

「久しぶりだね。元気にしていたかい？」

「もちろん、僕は元気さ。——君も元気そうで安心したよ、ネイサン」

心の底から嬉しそうに応じたケネスが、ネイサンの背後に控《ひか》えているレベックにも視線をやって言う。

「レベックも、元気そうだね」

「はい、おかげさまで」

ひとしきり挨拶《あいさつ》を終えたところで、ネイサンとケネスがソファーに座り、レベックはネイサンの背後に立って、バーソロミューがお茶を運んでくるのを待った。

すぐに、バーソロミューがワゴンでお茶やお菓子、フルーツなどを運び込んできたので、レベックは給仕を手伝い、最後にバーソロミューが渡してくれた茶器を持って、ソファーのはじっこのほうに腰かけた。

その間も、ネイサンとケネスはそれぞれの近況を簡単に報告し合っている。

「それなら、戻って早々、大変だったんだね」

ケネスの言葉に、ネイサンがうなずく。

「まあ、そうだけど、港や波止場《はとば》では、たいてい、いつもどこかで騒動が起きているものだから」

「怖いなあ。僕には、そんな場所、一秒だって耐えられない」

「そうだろうね」

認めたネイサンが、「それで」と尋ねる。

「今日は、なんの用があって来たんだい？」

「用というか、第一の目的は、こうして君たち二人の元気な顔を見に来たのだけど、そのついでに、これを持ってきた」

そう言って、ケネスは、布に包んで持ってきていた小さなウォーディアン・ケースをテーブルの上に置いた。

ドーム型の美しいケースの中には三分の一ほど土が盛られていて、そこにシダ類や下草が伸びている。

ロンダール前公爵夫人がお披露目したものとは比べ物にならないくらい小さいものではあったが、洗練されたフォルムといいなんといい、もう少し植物を足してやれば、それなりに目を楽しませてくれそうだ。

「観賞用のウォーディアン・ケースだね」

一瞥《いちべつ》したネイサンが、不思議そうにケネスを見つめる。

「で、これがどうしたんだい？」

「これは」

ケネスが、外した布を畳《たた》みながら答えた。

「母がシダの鑑賞用として注文したものなんだけど、僕がある目的のために借りて、最終的に譲り受けた」

「ある目的？」

「そう。――というのも、ここ数年、ランベスからチェルシー周辺で新種の蛾《が》が多く目撃されたことを受け、僕は、去年の今頃、昆虫学会の友人たちと、噂を頼りにその蛾を探しに行ったんだよ」

「ふうん？」

今のところ、結論はまったく見えてこなかったが、ネイサンはおとなしくケネスの話に耳を傾ける。

「そうしたら、ラッキーなことに、ある場所で、あまり見たことのないさなぎを見つけることができたので、これ幸いと、その時に採取した土と一緒に、このウォーディアン・ケースの中に入れて、さなぎを越冬させてみたんだ」

「なるほど」

「その甲斐《かい》あって、先日、見事に孵化《うか》して飛び立っていったってわけさ」

「それはよかったね。おめでとう」

「ありがとう」

嬉しそうに応じたケネスが、「でも」と表情を翳らせる。

「不要になったこのケースを母に返そうとしたら、母が、さなぎなんかを入れたものは気持ち悪いから要《い》らないと言って受け取ってくれなかったんだ」

「ああ、そう」

「だからと言って、捨ててしまうのももったいないし、こんな感じで、なにもなかった土からシダみたいなものも生えてきたんで、もしよかったら、レベックにどうかと思って持ってきてみた」

「レベックに?」

話が意外な方向へ急展開したため、ネイサンが、チラッとレベックを見る。

すると、当のレベックは、今の話が聞こえていたのかどうかわからないほど、金茶色の瞳を輝かせて、ガラスケースの中を熱心に覗き込んでいた。

どうやら、中身に興味津々《しんしん》であるらしい。

ケネスが続ける。

「君のところには、ウォーディアン・ケースなんて腐るほどあると思うけど、僕が推測するに、ほとんど味気ない船旅用の四角い箱のようなものばかりで、こういった装飾性の高いものはないだろう？」

「まあ、そうだね」

「でも、あったらあったで、部屋でもシダやらなにやらが観賞できるわけで、きっと、これなんか、大きさも手ごろで、なかなか使い勝手がいいんじゃないかと思うんだ。——ほら、見たことないけど、レベックの部屋は殺風景という気がするし」

「たしかに」

その点は、ネイサンも認めるところだ。

もちろん、良い家具などを入れてやってもいっこうに構わないのだが、変に彼を優遇することで、逆にレベックの居心地が悪くなってもいけないと思い、以前から使っている部屋をそのままの状態で使用させている。

レベックのほうでも、別段、それで文句があるようには見えなかったが、こういうものも、あったらあったで喜ぶかもしれない。

ネイサンが、レベックに問いかける。

「ケネスはこう言っているけど、君はどうしたい？」

すると、ウォーディアン・ケースに手を伸ばし、さらにじっくりと眺めながら、レベックが答えた。

「もし、本当にいただいてよろしければ、ぜひ、そうさせてください」

「そ――」

「もちろんだよ、レベック！」

ネイサンが答える前に、ケネスが嬉しそうに応じた。

「むしろ、君にもらって欲しかったんだ。――というのも、ネイサンは覚えてないかな？　以前、僕のキャッピーたちのエサ場が、葉っぱの伝染病のようなものにやられて荒れてしまったことがあっただろう？」

「……ああ、そんなこともあったね」

その際の騒動を思い浮かべ、ネイサンは苦笑した。

「キャッピーたち」というのは、ケネスがことのほか愛して止《や》まない「毛虫たち《キャタピラーズ》」の呼び名で、ケネスは、彼らのために家にグリーンルームや温室を用意しているくらいである。

「あの時、レベックが手入れをしに来てくれたおかげで、なんとかエサ場が持ち直したんだ」

「そうだった、そうだった」

「それで、なにかお礼をしようと思っていたのに、いつの間にか、君に連れられてニュージーランドなんかに行ってしまったから」

まるで、人さらいのような言い方である。

肩をすくめたネイサンが、小声で「悪かったね」と言うのを聞いていたのかどうか、ケネスが、「だからさ」とホクホクと続けた。

「今回、使いまわしではあるけれど、これを、レベックにあげようと思ったんだ。――こんなものでも、買えば、結構な値段になるからな」

「もちろん、知っているさ」

応じたネイサンが、いちおう、レベックの後見人として礼を述べる。

「事情はわかったし、なんだか、色々と気を遣わせて悪かったね、ケネス。――でも、この通り、レベックも喜んでいるようだから、謹《つつし》んで受け取ることにするよ。ありがとう」

「いいんだ」

正直、レベックが本当に喜んでいるのか、それとも、単になにか気になることがあるだけなのか、よくわからない熱中の仕方ではあるのだが、ひとまず、ケネスが持ってきたウォーディアン・ケースは、中身ごと、レベックのものとなった。

話が落ち着いたところで、二杯目の紅茶を飲みながら、ケネスが言う。

「そうそう、今思い出したけど、新種の蛾を探し求めてさまよっていた時に、ちょっと変わった話を聞いたっけ」

「変わった話?」

フルーツに手を伸ばしていたネイサンが、オレンジを指でつまみあげながら問い返す。

「どんな?」

「それがさ、シダの花を見たという女性の話なんだ」

「――シダの花?」

手を止めたネイサンが、驚いて繰り返す。

なんと言っても、また、シダの花の話だからだ。

昨日、デボン・ハウスでは、その話題で持ちきりだったわけだが、それが、今日になって、今度はケネスの口から聞くことになるとは、驚き以外のなにものでもない。

ネイサンが、確認する。

「本当に、シダの花を見た人がいるのかい?」

「らしいよ」

散々迷った末に砂糖でコーティングされたカップケーキを手に取ったケネスが、「だけど」と言う。

「僕の記憶に間違いがなければ、シダっていうのは、花が咲かない構造をしているんじゃなかったっけ?」

「その通り」

「なのに、花が咲いたのかな?」

「知らないけど」

苦笑して応じたネイサンが、「その話」と言う。

「もう少し詳しく教えてくれないか？」

「いいよ」

そこで、カップケーキをほおばりながら、ケネスがしゃべり出す。

「あれは、ちょうど午後三時を過ぎたくらいの頃で、僕たちお腹が空《す》いてしまって、どこかでお茶でもしようということになったんだ。——チェルシーの街道沿いには、そんな店が何軒かあるだろう？」

「そうだね」

「そうしたら、案の定、窓に花が飾られた感じのいい宿屋があったんで、そこで一休みすることにしたんだよ」

「それはよかった」

「本当に。——で、その時に、その宿の女主人が、僕たちが例のさなぎを見つけたあたりで、二年くらい前に、シダの花が咲いたことを教えてくれたんだ」

急に結末を迎え、ネイサンが訊く。

「それって、その女主人が見たのかい？」

「さあ？」

ケネスは、肩をすくめて頼りない返事を寄こした。

「僕たちは、あまり植物には興味がなくて、誰も彼女の話をきちんと聞いていなかったんだ。──なんと言っても、倒れそうなくらいお腹も空いていたしね」

「……なるほど」

「あ、ただ、『シダの花を見た人は幸せになれる……』とかなんとか、そんなおかしなことを言っていた気がする」

「へえ」

だが、それだけでは、残念ながらたいした情報とは言えない。

気落ちしたネイサンに対し、カップケーキを食べ終わったケネスが、紅茶のカップに手を伸ばしながら、「ちなみに」と呑気に付け足した。

「その宿の場所は覚えているから、もし、まだその女主人がそこにいれば、きっと話を聞けるはずだよ」

5

その夜。

ネイサンが、庭に植える植物の配置を相談するためにレベックの部屋を訪れると、彼は窓辺に置いたウォーディアン・ケースを飽《あ》くことなく眺めていた。

ノックをしながら部屋の中を覗いたネイサンが、呆れたように言う。

「なんだい、レベック、君は、よっぽどそのケースが気に入ったようだね？」

「ああ、はい」

うなずきながら立ち上がったレベックが、付け足す。

「とても、興味があります」

それに対し、ネイサンが訊く。

「それなら、そこに植えるために、ニュージーランドから持ち帰ったシダを少し足すかい？」

「あ、いや」

慌てて両手をあげたレベックが、謹んで辞退した。

「お気遣いには感謝しますが、それには及びません」

「そう？」

意外だったネイサンが、「でも」と言う。

「それだけだと、ちょっと淋《さみ》しいだろう？」

「そうですね。──今はまだ、淋しいかもしれませんが、これで十分です」

その一瞬、金茶色の目を神秘的に伏せたレベックが、「それより、ネイサン」とお願いしてきた。

「実は、僕、ケネス様のお話にあったさなぎを取ったという場所に行ってみたいのですけど、可能でしょうか？」

「さなぎねえ」

少し考えてから、ネイサンが提案する。

「それなら、明日は、庭の手入れを早めに終えて、一緒に、ケネスが話を聞いたという宿屋に行ってみるかい？」

宿屋の女主人であれば、ケネスたちがさなぎを取った場所もわかるはずだ。

「はい、ぜひ！」

レベックが、破顔してうなずいた。

ここしばらく見なかったくらいの熱心さに触れ、ネイサンは少々違和感を覚えつつ、明日、いつもより早い時間に起きることを約束し、レベックの部屋を出て行った。

6

翌日。

早朝から始めた庭仕事を終え、昼前にブルー邸を発《た》ったネイサンとレベックは、ケネスに教えられた街道沿いの宿屋へとやってきた。

幸い、女主人は健在で、昼食を注文しがてらネイサンが事情を簡単に説明すると、太った身体を揺すりながら快《こころよ》く話してくれた。

「ああ、その人たちのことなら、覚えていますよ」

「本当ですか？」

「そりゃ、大の大人が揃《そろ》いも揃って、子どもみたいにさなぎのことではしゃいでいるんですからねえ。――忘れようったって、忘れられませんよ」

「……ああ、なるほど」

ケネスのような男の集団ともなれば、当然、変な意味で目立ちもするだろう。古今東西、学者や愛好家というのは、世間一般の常識とはかなりずれた感覚の持ち主だ。そして、そんな人間だからこそ、発想やなにやらがユニークで面白いのだ。

女主人が、額に手をやりながら思い出す。

「たしか、一年くらい前だったと思いますよ」

「ええ、彼もそう言っていました」

「でも、ごめんなさい。その人たちにもきちんと説明したはずなんですけど、旦那がお尋ねの、例の『シダの花を見た』という女性は、私のことではないんです」

否定したあと、女主人は「だいたい」と言いながら皮肉げに笑った。

「もし、私が幸運にもシダの花を見ていたら、今頃、こんなところであくせく働いていないで、どこかのお屋敷に囲われでもして、優雅に左団扇《ひだりうちわ》で暮らしていますよ」

ネイサンが、少し考えてから訊く。

「それなら、その『シダの花を見た』という女性は、今はどこかで幸せに暮らしている？」

「ええ」

うなずいた女主人が、付け足した。

「ここらでは、有名な話ですよ」

「へえ」

運ばれてきた食事を食べながら、ネイサンが続きをうながした。

「それで、実際は、どのような話なんですか？」

「ですから」

女主人は、ネイサンの前の椅子に座り込み、腰をすえて話し出す。

「シダの花を見たのは、この先に建っている薬草園のあるお屋敷の使用人だった娘なんです。――たしか、一昨年《おととし》のことでしたか」

「一昨年……」

記憶するようにつぶやいたネイサンに対し、女主人が「なんでも」と話を続ける。

「その娘、夏至の前日にお使いに出たそうなんですけど、そのお使い先で時間をくって、帰りが夜になってしまったらしいんですよ。――本当に、娘の一人歩きなんて、今でも危険なんですけど、仕方なく、一人でとぼとぼと道を歩いていたら、ちょうど、旦那のご友人がたが、さなぎを見つけたと騒いでいらした四つ辻《つじ》で、シダの花が咲いているのを見たと教えてくれました」

「そうですか。――それなら、シダの花がどんなものだったかは、言っていましたか?」

ネイサンの問いかけに、女主人は「ええ」とうなずく。

「見たことのないような形をした赤い花で、すごく幻想的だったと言っていましたよ」

「赤い花……」

やはり、シダの花は「赤」でいいらしい。

というより、デボン・ハウスで聞いた話は、この話が巡り巡ったものかもしれない。

女主人が言う。

「旦那がたはご存知かどうか知りませんけど、シダの花というのは滅多に見られないもので、見た人は、幸運に恵まれると言われているんです」

「へえ」

「で、まさに、その娘は、シダの花を見てから半年と経たないうちに、裕福な商人に見初《みそ》められて結婚し、使用人を辞めて出ていったんです。――もちろん、相手は再婚で、年はかなり違いましたけど、その分、大事にされて、今、とても幸せに暮らしているそうですよ」

「なるほどねえ……」

聞きながら食事を終えたネイサンが、色々と納得しつつお茶に手をつけていると、女主人が、「ただね」とあたりを憚《はばか》るように声をひそめて思わぬ続きをしゃべり始めた。

「実は、旦那のお友だちにはここまでお話ししたんですけど、これには、猟奇《りょうき》めいた後日談があって」

「猟奇めいた後日談？」

意外だったネイサンとレベックが視線をかわし、申し合わせたように女主人のほうに身を寄せる。

「それは、どんな？」

「実は、使用人の話を知ったお屋敷の主人は、——その方、ロンドンで薬種商をやっていたんですけど——、一年後」

「つまり、去年ですね？」

ネイサンが確認し、女主人はうなずいて教える。

「使用人の幸運にあやかろうと、夏至前夜にシダの花を探しに行ったら、恐ろしいことに、そのまま帰らぬ人になってしまったんです」

「帰らぬ人⁉」

驚いたネイサンが、言葉を変えて確認する。

「つまり、亡くなったってことですか？」

「ええ」

深く首肯《しゅこう》した女主人は、さらに声をひそめて続ける。その様子は、まるで人に聞かれるのを恐れているというより、なにか人智を超えたものが近くで耳をそばだてているのを恐れているようにも見えた。

「その際、死体を検分しにやってきたお役人が、帰りにここに立ち寄ってお昼を食べていったんですけど、彼らがひそひそと話しているのが聞こえてしまって」

言い訳めいた言葉を並べてから、女主人は口にする。

「それによると、その薬種商の死体というのは、まるで、悪魔にでも引き裂かれたかのようにズタボロにされていたということでしたよ」

「悪魔に引き裂かれた……？」

とっさに、ネイサンの喉がゴクリと鳴る。

たしかに、猟奇めいた話である。

悪魔の爪でズタボロにされた遺体――。

考え込むネイサンの脳裏にふと、デボン・ハウスで聞いた話が蘇《よみがえ》ってくる。

シダの花は、まさにその悪魔が育てているため、花を見つけた際は、悪魔の隙をついて採取しないと、大変な目に遭うということですから。

（悪魔が育てている……か）

その時もかなり気になったのだが、今の話を聞いて、余計にそのことが印象付けられた。

ネイサンは、思う。

（本当に、この世界には幻のシダの花が咲くことがあって、それは、異質なだけに、悪魔によって育てられている？）

植物学者としてはあるまじき非科学的考察であったが、かといって、完全に否定するには、彼が生きているヴィクトリア朝という時代は、まだまだ悪魔や幽霊などの迷信が身近なものとして存在した。

（悪魔と、悪魔が育てている赤い花……か）

7

食事を終えて宿を出たネイサンは、レベックの希望で、教えてもらった四つ辻へとやってきた。

そこは、背の高い木々と灌木《かんぼく》以外にこれといったものがない四つ辻で、見通しはさほど良くない。片側はかなり深い森となっているが、もう一方の側は、灌木の向こうに緩やかな丘陵《きゅうりょう》が続いている。

少し先の見晴らしのいい平らな場所で馬車を止めた彼らは、徒歩で四つ辻へと向かう。

陽射しが強く、歩いているとうっすらと汗がにじみ出た。

そこで歩きながら上着を脱いだネイサンのそばを、蜂《はち》が一匹飛び去る。

途中見あげた先には、雲一つない青空が広がっていた。

「ここですね」

四つ辻に立ったところで、レベックが言う。

「そのようだね」

あたりを見まわしながら同意したネイサンは、四つ辻の一画にシダが生《お》い茂《しげ》っているのを見て、「もしかして」と言いながら近づいていく。

「シダの花を見たというのは、この茂みかな」

推測しつつ、シダの茂みをかき分けたネイサンは、奥に見慣れない植物の葉が伸びているのを見つけて、「あれ?」と声をあげた。

どうやら、シダの群生の中に、一つだけポツンと、違う種の植物が生えているらしい。

「これ、なんだろう?」

葉の様子は、マメ科のものを思わせる。

だが、ネイサンが知る限り、彼がまだ見たことがない種類のものである気がした。

ネイサンのプラントハンターとしての血が騒ぐ。

(これは、もしかしたら新種の植物かもしれない――)

そして、本当に、この場所で、本来なら存在するはずのないシダの花が目撃されたのだとしたら、それは、この珍しい植物の花が、シダの花と勘違いされた可能性は高いだろう。

胸の高鳴りを押さえつつ、ネイサンがレベックを呼ぶ。

「レベック! 悪いが、馬車まで戻って、スコップとバケツを持ってきてくれないか?」

プラントハンターの習慣で、いつ何時新種の植物を見つけてもいいように、馬車には採取用のスコップと保存用のバケツが積んであった。

だが、興奮気味のネイサンとは対照的に、彼の背後に立ったレベックは、その植物を見た瞬間、息を飲み、すぐに厳《おごそ》かとも言える声で警告した。

「ネイサン。駄目です。その植物には、むやみやたらと触ってはいけません」

「――え?」

驚いて振り返ったネイサンの前で、金茶色の瞳を妖《あや》しく輝かせたレベックが、「その花は」と神託《しんたく》でも告げるようなのっぺりとした声で言った。

「どうやら、本当に悪魔の支配下にあるようです――」

第三章　不可解な事故

1

時を遡《さかのぼ》ること一年前の、とある夜。一人の女性が、庭で見つけた一匹の蛇のあとを追いかけはじめた。

それは、なんとも珍しい蛇である。

新種なのかなんなのか。

月明かりを受けて、くねくねとくねる身体が黄金色に輝いている。

珍しく、そして美しい――。

(捕まえないと――!)

彼女は、ある種の使命感をもって必死で蛇のあとを追う。

(なんとしても、捕まえてやるわ)

だが、蛇の動きは思う以上に早く、大地の上を滑《すべ》るように進んでいくため、すぐには追いつけない。そのうち庭から道へ出て、さらに道を横切って、灌木《かんぼく》の奥へと消えてしまう。

その先は、真っ暗な雑木林だ。

当然、そこで諦《あきら》めるかと思いきや、彼女はなんの躊躇《ちゅうちょ》もなく灌木をかき分け、さらに蛇のあとを追いかけていく。

雑木林など、昼間でも、女性なら押し入るのをためらうはずが、夜の暗がりの中、彼女は進む。

一心不乱に。

いったい、どれほどの冒険心を持ち合わせているのか。

それとも、それほどまでに、蛇に執着があるのか。

単にまわりが見えていないだけかもしれないが、実際、彼女は無類の爬虫類《はちゅうるい》好きで、ロンドンの「爬虫類愛好家連盟」の会合では、新種の蛇の報告をしたり、蛇の習性などを研究した論文を発表したりしている。

要するに、蛇のエキスパートだ。

だからこそ、見たこともない蛇に遭遇《そうぐう》したら、捕まえるまで諦めきれないし、目の前にどんな障害物があろうとひたすら追い続ける。

とはいえ、どれほど頑張っても、捕まえられない時は捕まえられない。

見失ってしまったら、そこで終わりだからだ。

今が、まさにそうで、彼女は、ついに黄金色に輝く蛇を見失った。巣穴にでも潜《もぐ》り込《こ》んだのか、その輝く姿がフッと掻《か》き消える。

「消えた……？」

驚いたようにつぶやいた彼女が、無念そうに続ける。

「あとちょっとだったのに――」

そこで、改めてまわりを見まわせば、当たり前だが、あたりは真っ暗闇《くらやみ》だった。

足元だって、ほとんど見えない。

唯一の頼りは、頭上から差し込むわずかな月明かりだけである。

その月明かりを受け、前方に赤い花が揺れている。

とても珍しい花であったが、彼女は爬虫類以外のものにはあまり興味がないため、近づこうともしなかった。

それより、こう暗くては、さすがに蛇の巣穴など見つけられるわけもなく、お手上げだ。

ようやく諦める気になった彼女は、すぐに引き返すことにする。巣穴が近くにあるなら、注意していれば、また姿を見せることもあるだろう。それに、日中に見たら、案外その辺の蛇と変わらないかもしれないし、こうして冷静になって考えてみれば、単に月明かりに照らされて光って見えただけという可能性だって大いにあり得る。

（まったくバカね。私ったら……）

そんなことをつれづれに考えながら踵《きびす》を返しかけた彼女の耳に、その時、その声が届く。

「たぶん、このへんのはずだ。あの娘が、昨年、偶然見かけたという幻《まぼろし》のシダの花は――」

ドキリとして足を止めた彼女は、とっさに身をかがめて息をひそめた。

夜も更《ふ》けた時刻に、このように人気《ひとけ》のない場所で見知らぬ男に出会ったら、それは狼に遭遇したのと同じくらい危険なことである。

そのことを重々承知している彼女は、その場を動かずジッと様子を窺《うかが》う。だが、自分でくだした判断を、のちのち嫌というほど悔やむことになる。

というのも、そこに居続けたために、彼女は、見てはならないものを見てしまったからだ。

雑木林の奥にいたので、はっきり見えたわけではない。

だが、声の主が、そこに咲いている赤い花を切り取ろうとした、次の瞬間。

暗がりから突如《とつじょ》現れたものが、背後から男に切りつけた。

その際、彼女のところからは、月明かりの下、銀色に光る刃先のようなものが宙を切り裂いて振りおろされる光景だけが見えた。

直後。

「ぎゃあああああああああ」

絶叫が響き、男が地面に転がった。

のたうちまわる男の上に黒い影が覆《おお》いかぶさって、さらなる攻撃を加える。

「止めろ、止めてくれ！」

哀願《あいがん》の言葉に対する返事はなく、ただ肉を切り裂く音だけがあたりに響く。

ズサ。

ズサ。

男の絶叫。

それとともに、血の匂いが広がる。

（――悪魔）

彼女は、震えながら思う。

信じられないことに、彼女は悪魔を見てしまったのだ。

これは、間違いなく、悪魔の所業だ。

雑木林の中で身体を丸めた彼女は、何度も小さく十字を切りながら神に願う。

（主《しゅ》よ、どうか、悪魔の手から私を守りたまえ――）

その間も惨劇《さんげき》は続き、うめき声が途絶えた頃になって、ようやく悪魔がゆらりと男から離れた。

だが、それで状況がよくなったかといえば、そうではなく、なんと、その悪魔は、彼女の隠れている雑木林のほうに近づいてきた。

ハッとしてさらに身を縮《ちぢ》めた彼女は、心の中でひたすら祈りの言葉を繰り返す。

(天にいまします我らが主よ……)

そんな彼女の近くまでやってきた悪魔は、低い声でなにやらブツブツと呟きながら、先ほど彼女も見た、あの赤い花へ手を伸ばした。

「……これは、私のものだ。私がここで大切に育てているのであって、誰にも渡す気はない」

言うなり、ザッと銀色に輝く刃で赤い花を刈《か》り取《と》ると、その場から立ち去った。

そうして悪魔が暗がりの奥に消えても、彼女は、長い間、動くことができずにいた。あまりの衝撃に身体が震え、まったく力が入らなくなってしまったのだ。

なんとか動けるようになったのは、夏至《げし》の太陽が東の空を染め始めた頃で、ゆっくりと立ちあがった彼女は、魂《たましい》が抜けた人のようにふらふらとよろめきながら、家へと帰っていった。

2

時は戻って、その日、ハマースミスのブルー邸《てい》では、午後のお茶の時間に、ネイサンがウィリアムを迎え、一年前に起きたある事件について話し合っていた。

「薬種商ザイルの事件か――」

「そう」

うなずいたネイサンが、同じように紅茶のカップに手を伸ばしながらウィリアムを見て続ける。

「その様子だと、知っていそうだね」

「ああ、知っている。――というより、よく覚えていると言ったほうがいいのか」

彼らがそのことについて話し合うことになった発端は、一昨日《おととい》、二人の共通の友人であるケネス・アレクサンダー・シャーリントンがネイサンのもとを訪ねてきて、あれやこれや四方山《よもやま》話《ばなし》をしていったことにある。

ケネス自身は、彼が持て余していた観賞用のウォーディアン・ケースを、ネイサンの助手であるレベックへのプレゼントとして持ってきたついでに、彼がことのほか愛する「毛虫たち《キャタピラーズ》」にかんする与太話をしていったに過ぎなかったが、その際、余談として語ったシダの花にまつわる不思議な話に、ネイサンは食指を動かされた。

ケネスの希望でお茶のテーブルに同席し、一緒に話を聞いていたレベックも興味津々《しんしん》であったことから、翌日、ネイサンは彼をつれて、ケネスの話に出てきた宿へと出向き、そこで直接聞いたことを、今、ここで、ウィリアムに語って聞かせたところである。

なんと言っても、このところ、ロンドンの社交界は、幻のシダの花の話題で持ちきりとなっていて、ウィリアムは、ある意味、最大の被害者だからだ。

ただ、長い航海で留守になりがちなネイサンとは違い、首都ロンドンの中枢《ちゅうすう》で活動するウイリアムは、ネイサンが耳よりと思った過去の事件について、すでになにがしか知識があることが判明した。

「たしか、その犯人は、まだ捕まっていないはずだ」

ウィリアムのくれた情報に対し、ネイサンが意外そうに訊《き》き返《かえ》す。

「そうなんだ？」

「ああ。近郊で起きたあまりに凄惨《せいさん》な事件だったため、噂《うわさ》を聞きつけた女王陛下が憂慮《ゆうりょ》なさり、ロンドン首都警察《スコットランド・ヤード》の腕利《き》きを遣《つか》わして調べさせたんだが、無駄だった。……暗い夜道での犯行である上、それ一回きりとあっては、いかに優秀な彼らでも事件解決には至らなかった」

「ふうん」

若干《じゃっかん》不満げなネイサンではあるが、ひとまず納得するしかない。

腕利きが捜査すると言っても、国家警察としてのロンドン首都警察《スコットランド・ヤード》が誕生してから、まだ十数年しか経《た》っていない。当然、組織としての経験も浅く、十分な捜査方針が定まっているわけではないのだ。

現場の保存法。

証拠品の採取の仕方。

そんなものがまだ明白にあるわけではないため、犯人逮捕《たいほ》のための確証を得るのは、今のところ難しい。

それでも、警察組織ができる以前の状態と比べたら、かなりマシになったほうである。

というのも、それまで、世の中は犯罪者天国で、正義などあってないようなものだった。中世を通じ、個々のうちに神の御心《みこころ》に応《こた》える良心があるうちはまだよかったのだろうが、このところ、神は急速に人々の心から遠ざかり、それとともに良心に従う心も薄れつつあった。

そうなると、人は欲望のままに生き、結果、あくどい犯罪も増えていく。

それなのに、罪《つみ》を裁く治安判事はいても、犯罪現場を徹底的《てっていてき》に調べて証拠《しょうこ》を科学的に検証するようなことはなく、そのほとんどが伝聞をもとにした判決であったのだ。

つまり、客観性より主観性が優位となり、判決は治安判事の心持ち一つで変わる。

それに対し、昨今少しずつ行われるようになった第三者による証拠固めというのは、犯罪を見極めるうえで、極めて有効な手段であった。

ウィリアムが、ネイサンの報告した内容について、「だけど」と意外そうに言う。

「殺された男――ザイルが、事件の晩、シダの花を探しに行ったというのは、初耳だ」

「へえ」

「もしかしたら、当時、聞き込みなどで話には出ていたのかもしれないが、戯言《たわごと》として片づけられたのかもしれないな。なにせ、僕はその事件に直接かかわっていたわけではなく、詳細《しょうさい》までは聞かされていなかったから」

「なるほどね」

たしかに、幻のシダの花の話題の広がり方から考えても、その時の話がじわじわと伝わっていくうちに変形した可能性が高い。

「ただ、その後」と、ウィリアムが続ける。

「凶暴な犯人が野放しになっていることへの恐怖心からだろうし、また事件のあった現場が、夜に行くような場所ではなかったこともあってか、殺された男――ザイルが、実は取引をしようとして、呼び出した悪魔に殺されたのではないかという噂が立ったのは知っている」

「……悪魔と取引ねえ」

ネイサンが苦笑気味に応じる。

だとしたら、やはり、そのあたりの話が色々とごちゃ混ぜになって、例の「悪魔が育てている幻のシダの花」というような話ができあがっていったのだろう。

頭の中で少しずつ話を整理していたネイサンが、「ただ」と異論を挟《はさ》む。

「僕は、生前のザイル氏のことを直接知っていたけど、どちらかと言えば信心深いほうで、悪魔と取引しようなどということは、まずあり得そうにない」

「へえ」

相槌《あいづち》を打ったウィリアムが、「それなら」と付け足した。

「幽霊にでも祟《たた》られたか」

「幽霊?」

ネイサンが、意外そうに訊き返す。

「ということは、その場所には、もともと、なんらかの幽霊譚《たん》が存在した？」

「おそらく。――当時、ちらほらと、幽霊の目撃談などもあがっていたようだから」

言い方が伝聞形式であるので、ウィリアムが直接聞いた話ではなく、報告書かなにかに目を通した時の記憶だろう。

「ふうん」と受けたネイサンが、「だけど」となにやら思案しながら告げる。

「相手が幽霊となると、またちょっと話は違ってくるぞ」

「そうか？」

「ああ。――だって、悪魔は悪魔に過ぎないが、幽霊が出るなら、そこには、その幽霊にまつわる実際に起きた話が存在するはずで、以前、そこで人が死ぬなりなんなりしていないとおかしい」

ネイサンの言い分を聞きながら美味《おい》しそうに湯気の立つ紅茶を飲んでいたウィリアムが「なるほど」と納得し、ややあって提案する。

「だったらいっそ、その件について、こちらでも少し調べてみるか」

「こちらでもってことは、君が？」

「僕と君が」

訂正し、勝手にネイサンを巻き込んだウィリアムが、「だいたい」と紅茶のカップをおろして急に子どものような文句を言い始めた。

「幻のシダの花の調査に行くのに、なんで、レベックと二人なんだ？」

「なんでって……」

どぎまぎしつつ、ネイサンが答える。

「それは、彼もこの件に興味を示したようだから……、え、悪かったか？」

「そりゃ、僕を仲間外れにするなんて、悪いに決まっているだろう」

「いや、仲間外れとか、そういう問題ではないけど」

「いやいや、そういう問題なんだよ」

被《かぶ》せるように否定したウィリアムが、「それに」と続けた。

「薬種商のザイルが、本当に幻のシダの花を探しに行って殺されたのだとしたら、そこに、幻のシダの花の手がかりがあるかもしれないわけで、この前も言ったように、幻のシダの花を手に入れるとしたら、それは、『比類なき公爵家のプラントハンター』である君以外にないわけだから」

「幻のシダの花ね」

ネイサンが、視線を落として繰り返す。

事実、シダは花の咲かない隠花植物《クリプトガム》であるため、それは、本当に空想上の話であるわけだが、ネイサンには、その噂のもととなったかもしれない幻の花について、いささか心当たりがないわけではない。

ただ、それをこの場で口にするのは、少々憚《はばか》られた。

なんと言っても、その植物を採取しようとしたネイサンに向かい、レベックが、どこか厳《おごそ》かとも言えるような口調で、「それに触ってはいけません」と警告を発し、さらに、数々の噂を肯定するように、「その花は」と宣言したからだ。

曰《いわ》く。


どうやら、本当に悪魔の支配下にあるようです――


レベックというのは、なんとも不思議な青年で、かつてデボンシャーのほうにあった某《ぼう》屋敷で、庭師の養い子として育てられたという経歴以外は謎《なぞ》である。

本人も、実の両親のことは知らないらしい。

そんな彼がなにより変わっているのは、植物と意思疎通《そつう》する能力が備わっていることで、これまでにも何度となく、彼自身がかかわることになった植物の願いを叶《かな》えてきたようだ。

実際、ネイサンも、一度ならず、その恩恵に与《あずか》ったことがある。

そんなレベックであれば、今回の件でも、植物から、なんらかのメッセージを受け取っている可能性はあった。

(ただ、問題は)

ネイサンは、考える。

(なんの植物から、どんなメッセージを受け取ったかであるわけなんだが……)

残念ながら、それについては、当のレベックにもよく事情がわかっていないらしい。

悪魔の支配下にあると宣言したのも、そう告げられたから言ったに過ぎず、彼がその件について、すべて了解しているわけではないのだという。

それはそれで、歯がゆい思いがあるのだろう。

あの日以来、レベックはもの思いに耽《ふけ》ることが多くなった。

そんなこんなで、今後、この件がどういう展開を迎えるかわからないうちは、すでに言ったように、第三者に下手《へた》なことを伝えるのは憚られる。

それは、相手がウィリアムであっても同じだ。

もう少し事情がはっきりするまで、ネイサンの心に秘めておくべきであった。

(ただ、そうなると、やっぱり……)

ネイサンは、若干の後悔を覚えつつ考える。

(あの時、例の植物の採取を諦めたのは、失敗だったかもしれない)

あの場では、神託《しんたく》でも告げるかのようなレベックの荘厳《そうごん》さに圧《お》されてつい手を引いてしまったが、こうして冷静になって考えれば考えるほど、一連の事柄《ことがら》の真相を科学的見地から知るためにも、サンプルは手に入れておくべきであった。

もっとも、ウィリアムの不満げな様子を見る限り、近々もう一度あのあたりに出向くことになりそうであるため、今度こそこっそりあの植物のサンプルを持ち帰ろうと、ネイサンは心に決める。

そこで、ウィリアムに対し「わかったよ」と応じた。

「君がそう言うなら、僕たちで、この件を調べ直してみようじゃないか」

3

その夜。

ネイサンの部屋に就寝のための飲み物を運んできたこの家の家令兼執事のバーソロミューが、湯気の立つカップと一緒に銀の盆に載せた紙類をベッドサイドの台の上に置きながら、告げた。

「ご主人様宛てに、二通ほど、お手紙が届いておりますが――」

「へえ」

「こちらで開封いたしましょうか?」

「いや、いいや。こっちにくれるかい?」

「承知致しました」

長椅子で本を読んでいたネイサンは、その本を置くと、銀の盆ごと差し出された手紙を取り上げた。心得たもので、手紙の脇には、レターナイフも添えられている。

人によっては、面倒がって自分で手紙を読まず、家令や執事に代読させて、伝聞形式の要約のみで物事を判断したりするようであったが、ネイサンは、基本、すべてを自分で処理するタイプだ。

手間がかからないと言えばかからないが、ある意味、家令泣かせと言えよう。もっとも、そのおかげで、この家では、「家令兼執事」などという激務の役まわりが成立するのだ。

ネイサンが手紙を開封して読もうとする間、バーソロミューはそばに立って待っていたが、気づいたネイサンが、退出の許可を出す。

「ああ、もうさがっていいよ、バーソロミュー。あとは、自分でやるから」

「さようでございますか」

バーソロミューとしては、もう少しネイサンと話して手紙の内容などに探りを入れておきたいところであったが、こう言われてしまえば、さがるしかない。

「では、お言葉に甘えて、失礼いたします」

「うん、お休み」

そこで、一礼して立ち去りかけたバーソロミューが、「あ」と言って立ち止まり、思い出したように言う。

「そういえば、一つ、お尋ねしたいことがございました、ご主人様」

「ああ、なんだい?」

手紙に気をとられたまま、ネイサンが生返事をする。

「レベックが、来週、外出したいので、二日ほど休みが欲しいと申しているのですが、いかがいたしましょう?」

「――レベックが?」

その瞬間、顔をあげたネイサンが、ペパーミントグリーンの目を細めて意外そうに言い返す。

「それは、珍しいこともあるものだ」

「はい」

レベックは、建前上、ネイサンの助手ということになっているが、もとは庭師の下働きとして雇われていたこともあり、この屋敷の中では、家令兼執事であるバーソロミューの管理下に置かれている。

ゆえに、ネイサンのほうの用事がない時は、バーソロミューの采配《さいはい》で庭仕事の手伝いなどをしていた。

ただ、元来が働き者で、かつ植物を愛して止《や》まないレベックは、それらの作業を仕事ではなく、趣味の一環《いっかん》として心から楽しんでいるようである。

そんなレベックであれば、これまで自分から進んで休むと言ったことがなく、見かねたネイサンやバーソロミューが「今日は休んでいいから」と言うと、「それなら」と言って、ホクホクと庭に出て行く始末であった。

そのレベックが、二日も休みが欲しいと言い出すなど、ネイサンが知る限り、初めてのことかもしれない。

考え込みながら、ネイサンが答える。

「まあ、彼の働きぶりを考えたら、一週間だろうが二週間だろうが、君さえよければ、好きなだけ休ませてやったらいいと思うよ」

「私も異存はございませんので、では、そのように致します」

バーソロミューが消えた部屋で一人、手紙を手に、レベックの申し出のことを考えていたネイサンだが、レベックもう立派な大人なのだし、ひとまず放っておくことにする。

レベックにはレベックの考えがあるはずだし、これまで幾度《いくど》となくネイサンと危険な場面を潜《くぐ》り抜《ぬ》けてきたことで、困難なことへの対処能力も高くなっていた。

（少なくとも）

ネイサンは、手紙に意識を移しながら思う。

（その辺の貴族の道楽息子などよりは、ずっと上手《じょうず》に物事をさばいていく力があるわけで、僕に話したいことがあれば、たぶん、向こうから話してくるだろう）

そこで、ネイサンは手紙に集中することにした。

一通はフィリスからで、送った新種のシダに対する礼状であった。添えられた言葉の中に、今度、お茶の席に招待すると書いてある。

それはそれで、楽しみなことだ。

もう一通は、学生時代からの友人であり、ロンドンで「ハーヴィー&ウェイト商会」という種苗業を営《いとな》むドナルド・ハーヴィーからだった。

彼は、現在、イギリスでは目にしなくなった水仙の種を求めて大陸に渡っている。

手紙からは、問題の水仙探しには苦戦している様子が窺えたが、道中、様々な人物の知己《ちき》を得て、なかなか有意義な旅になっていると書いてあった。

(ま、ドニーなら、どこに行っても彼らしく過ごし、結果、必ずなんらかの成果をあげてくる)

才気煥発《かんぱつ》で陽気なハーヴィーは、何の後ろ盾《だて》もなく社会で頭角を現すという点で、おそらくネイサンの友人の中で並ぶ者はないだろう。

小さく笑ったネイサンは、就寝のために用意された飲み物を口にしつつ、フィリス宛てに心のこもった返事を書きあげてしまうと、灯《あか》りを消して、ベッドに入った。

4

数日後。

朝食を食べていたネイサンのところに、突然ウィリアムがやってきて、人の都合も考えずに急《せ》きたてた。

「なにをのんべんだらりと朝ごはんなんか食っているんだ、ネイト。とっとと出かけるぞ」

「のんべんだらりって、これでもいちおう、朝、庭で一仕事したあとなんだけどね」

文句を言ったネイサンだが、それでも、パンの欠片《かけら》を口に放り込んで席を立ち、歩き出しつつコーヒーカップを手に取って訊き返す。

「だいたい、出かけるってどこに？」

「それは、道々話す」

応じながら、ウィリアムは、ネイサンが飲んでいたコーヒーカップを奪ってドアのところにいたバーソロミューに渡し、背中を押すように追いたてる。

「とにかく、行くぞ。——上着はどこだ？」

それに応じ、二人の後ろを黙ってついて来ていたバーソロミューが、サッとコート掛けからコートを取ってネイサンに着せかける。おそらく、先ほど渡されたコーヒーカップは、居間のドアの脇の飾り棚の上だろう。

それから、慇懃《いんぎん》に言った。

「お二人とも、気を付けていってらっしゃいませ」

その声に見送られ、公爵家の四頭立て馬車が走りだしたところで、ウィリアムが説明する。

「ここ数日色々調べて、わかったことがあったんだ」

「そうだろうね」

ネイサンは応えるが、そうでなければ、この強制連行の意味がない。

せめて、一日前に予定を教えてもらえたら準備もできるのだが、ウィリアムは、昔から、こうしてネイサンを予告なしに巻き込むことに、無上の喜びを覚えているようだった。

ネイサンのほうでも、文句を言いつつ、臨機応変に対応するので、この関係が成り立っているのだろう。

「で、なにがわかったって？」

「まず、君が、幽霊の噂に対し、そこにはなんらかの現実的な事柄が影響していないとおかしいと言っていたことから、そのあたりを掘り下げてみたところ、なんと、薬種商のザイルが殺されたという四つ辻《つじ》では、十年程前に、大きな事故があったことが判明したんだ」

「事故？」

「ああ」

うなずいたウィリアムが、「なんでも」と続ける。

「夜道を急いでいた辻馬車が横転し、駁者《ぎょしゃ》と乗っていた人物が亡くなったそうなんだ」

「へえ」

「しかも、報告書を読む限り、辻馬車の下敷きとなった正体不明の男は、カンテラかなにかから燃え移った火によって生きながら焼き殺されてしまったようで、かなり悲惨《ひさん》だ」

「――たしかに」

大きくうなずいたネイサンが、一瞬、ペパーミントグリーンの瞳をあげて馬車の天井《てんじょう》を見る。

辻馬車と違い、四頭立て馬車は安定感があるので、滅多《めった》なことでは横転しないとはいえ、やはり今後、夜道での無謀《むぼう》な走行は控《ひか》えるべきだと改めて思いつつ、続ける。

「ということは、幽霊云々《うんぬん》の話は、その事故から来ていたわけだな？」

「そうらしい」

認めたウィリアムが、「もともと」と教える。

「薬種商ザイルの事件が起きる前から、その四つ辻では、時々幽霊の姿が目撃されていたらしく、それが、ザイルの件をきっかけに一気に広がったとみていい」

「なるほどねえ」

納得したネイサンが窓のほうに視線を向けると、遠くに小さな集落が見えた。

通り過ぎた道端には、その村の住人と思われる女たちが、それぞれ手に薬草の入った花かごを抱《かか》え、談笑しながら歩いていく姿もある。

そこから立ち上《のぼ》った花の香りが、車内にも充満した。

週明けには夏至が巡《めぐ》ってくるため、もうすぐあちこちで夏至の前夜祭が開かれる。

実際、訪れた集落でも、中央の広場に、それと思《おぼ》しき飾り付けがされ、薪《まき》が積みあげられるなど、着々と準備が進んでいるようだった。

人々の心が浮き立つ季節だ。

ネイサンが訊く。

「それで、まだ聞いていなかったが、僕たちはどこに向かっているって？」

「引退した治安判事の家だよ」

「治安判事？」

「そう」

うなずいたウィリアムは、どこか得意げに言う。

「十年前の事故で現場検証をおこなった治安判事が、引退してこのあたりに住んでいるという情報をつかんだんだ。──だから、彼に会って、本人の口から当時の話を聞いてみたらいいんじゃないかと思ってね」

「ふうん」

その元治安判事は、集落のある場所から少し離れた小高い丘の上に住んでいた。

前もって知らせを受けていたらしく、馬車が着くと、入り口で恭《うやうや》しくウィリアムを迎え、それなりに整った応接室へと二人を招き入れた。

そこで、使用人が運んできたお茶を飲みながら、二人は事故のことを聞き出した。

「十年前の事故ですか……」

紅茶を飲みながら応じた元治安判事が、何度かうなずきながら記憶を呼び覚ます。

「ええ、ええ、覚えていますよ。――あれは、かなり陰惨《いんさん》な事故でした」

「そのようだな」

応じたウィリアムが、「ここに来る前に」と付け足した。

「ロンドンに届いた報告書には目を通したんだが、それだけでは詳《くわ》しいことがわからなくて、その報告書に貴殿の名前があったから、こうして訪ねてきたというわけだ」

「そうだったんですね」

納得する元治安判事であったが、「もっとも」と残念そうに続けた。

「せっかくお越しいただいたのに恐縮ですが、おそらくたいした情報はお渡しできないと思います」

「ほお？」

ウィスキーブラウンの目を細めたウィリアムが、鷹揚《おうよう》に訊き返す。

「なぜだ？」

ちなみに、元治安判事のほうがはるかに年齢は上であるのだが、片や公爵、片や一介《いっかい》の役人という立場上、二人の態度は逆転している。

「当時からして、あの件ではあまり大した情報は得られなかったからです」

「そうなのか？」

ウィリアムが、具体例を挙げて質問する。

「ちなみに、報告書では『正体不明』となっていたが、馬車に乗っていた男の身元くらいは判明したんだろう?」

「いいえ公爵様《アワー・ロード》。結局、名前も身元もわからずじまいで、当然、彼がなぜあんな時刻にあんな場所を馬車で急いでいたのか、その理由もまるっきりわかっていません」

ネイサンと顔を見合わせたウィリアムが、続けて問う。

「それなら、事故の原因は?」

「おそらく、スピードの出し過ぎでしょう。最初は、四つ辻であることから、別の馬車とぶつかりそうになって横転したのかとも考えましたが、特にそのような轍《わだち》のあとも見つからなかったので、単独の事故だろうということになりました」

「へえ」

「ただ、近所に住む男が、夜、馬車の走ってくる音を二つ聞いたと言っていたのは、たしかです」

「二つ?」

ウィリアムが聞き返し、ネイサンも横から口を挟んだ。

「つまり、事故を起こした馬車以外に、その夜、もう一台馬車が通った可能性があるということですか?」

「そうですね」

認めた元治安判事が、「しかも」と人さし指をあげて注意を促《うなが》した。

「一台目の馬車が通ったあと、馬の嘶《いなな》きとドオンというような地響きが聞こえ、それからしばらくして、別の馬車の音がしたということだったので、二台目の馬車は、事故現場を目撃した可能性が高いでしょう」

「それでもなんの目撃証言も出てきてないところをみると、事故のことを知りながら通り過ぎたってことか」

ウィリアムの確認に対し、元治安判事が「仰《おお》せの通りで」とうなずく。

「まあ、あのような時間に通る馬車ですから、人目を引きたくない事情でもあったのでしょうね」

「だろうな」

密書でも運んでいたか。

あるいは、秘密の恋人のもとへと通う途中であったか。

なかなか興味深い話ではあるが、十年前に通りかかった馬車を特定するのは、まずもって無理だ。

しかも、その馬車にしたって、決して直接目撃されたわけではなく、走ってくる音が聞こえたというだけであれば、なおさらである。

これは期待外れだったかと落胆《らくたん》しながらウィリアムとネイサンが紅茶をすすっていると、「ああ、そういえば」と元治安判事が思い出したように言った。

「これは、公爵様などにお聞かせするような話ではないかもしれませんが」

「構わないぞ」

身を乗り出したウィリアムが、安心させるように続ける。

「せっかく、ここまで来たんだ。どんな与太話だろうと興味はあるから、ぜひ話してくれ」

「さようでございますか？」

「ああ」

鷹揚にうなずき、ウィリアムは言った。

「そもそも、なにか問題を解く場合、その鍵《かぎ》となるものは、どこに転がっているかわからないものだからな」

その言葉に背中を押されたように、「それなら」と元治安判事が語り出す。

「遠慮《えんりょ》なくお話ししますが、現場検証に連れていった当時の私の部下の一人が、足元に魔法円のようなものが描かれていると言い出したんです」

「……魔法円？」

ウィリアムがいぶかしげに繰り返したので、元治安判事が推《お》し量《はか》るような眼差しを向けてくる。

「もしかして、ご存じではありませんか？」

「魔法円のことを？」

「はい」

「まさか。魔法円なら、当然知っているさ。黒魔術などをやるような怪しげな連中が、悪魔と対峙《たいじ》する際に地面や床に描く奇妙な記号や模様のことだろう？」

「さようでございます」

「それが、地面に描かれていたと言うのか？」

「ええ」

認めた元治安判事が続ける。

「正直、現場は燃焼のあとがひどくて、はっきりと断言はできませんでしたが、たしかに、ところどころ、それらしい跡があったのは事実です」

「へえ」

興味深そうに受けたウィリアムが、チラッとネイサンと視線をかわす。「悪魔」という単語は、幻のシダの花とは切っても切れない関係にあるからだ。

ウィリアムが、訊く。

「だけど、なぜ、そんな場所にそんなものが描かれていたんだろう？」

「さあ」

首をかしげた元治安判事が「それは、わかりかねますが」と答える。

「誰かが、あの場で悪魔を呼び出そうとした可能性はありますね。——もっとも、それが、事故の晩であったか、それ以前のことであったかは、定かでないですけど」

「まあ、そうだな」

「ただ、あの四つ辻は、それぞれの方角に集落があって、それらの集落で聞き込みをした結果、当時、あの四つ辻から少し離れたところにある屋敷に住んでいた学者が、どうやらその道では有名な悪魔主義者であったらしいことがわかり、住民は、事故も、その学者が呼び出した悪魔が引き起こしたのではないかと考えたようです」

「ほお、悪魔が?」

前のめりになったウィリアムが、尋ねる。

「ちなみに、その学者というのは、現在もそこに住んでいるのか?」

「いえ」

首を横に振った元治安判事が答える。

「残念ながら、数年前に亡くなりました」

「なんだ」

あからさまにがっかりしたウィリアムに対し、元治安判事は「ただ」と情報を付け足した。

「その屋敷にいた下働きの男が、最近、ロンドンのほうで大出世をしたというような話なら耳にしましたが……」

「下働きの男ねえ」

あまり興味をそそられない様子で応じたウィリアムが、「それも」と茶化す。

「悪魔のおかげとか？」

「だとしたら、悪魔様々ですけどねえ」

元治安判事が答え、どうやら、彼からはこれ以上有益《ゆうえき》な話を引き出せそうにないと判断したウィリアムは、ネイサンのほうに視線を送り、彼も同じ考えであるのを見て取ると、礼を述べて席を立った。

5

帰りがけに、問題の四つ辻に寄っていくことにしていた彼らが四頭立て馬車を走らせていると、あと少しで着くという頃になって、急に馬車が減速し始めた。

気づいたウィリアムが、窓から顔を出して馭者に問う。

「おい、どうした？」

「それが、ご主人様、前方に馬車が停まっていまして――」

そこで、二人が窓から身を乗り出して確認すると、馭者の言う通り、辻馬車が一台、道を塞《ふさ》ぐように傾いた状態で止まっている。

おそらく、故障かなにかだろう。

そこで、自分たちの馬車から降り立った二人は、問題の辻馬車に近づいていく。

「どうしました？」

ネイサンが声をかけると、案の定《じょう》、泥《どろ》だらけになりながら作業していた辻馬車の馭者が振り返って答えた。

「へえ、旦那《だんな》。この通り、こっちの車輪がおかしなことになりまして」

「どれ」

言いながらネイサンがかがみ込もうとするより早く、横合いから明るい声がかかる。

「やだ、ネイト!?」

驚いて声のしたほうを見ると、そこに、日傘《ひがさ》を差したフィリス・エルボアが立っていた。どうやら、辻馬車の客は、彼らの旧来の女友だちであったらしい。

艶《つや》やかな黒褐色《ブルネット》の髪に宝石のような青い瞳。

相も変わらず快活な様子の彼女は、まるで夏の青空のように爽《さわ》やかで美しい。

「フィリス!?」

びっくりして名前を呼んだネイサンの声に、ウィリアムの声が重なる。

「驚いたな。君、なんでここにいるんだ？」

「あら、リアムまで」

嬉しそうに言ったフィリスが、「でも、ちょうど良かった」と喜ぶ。

「まさに、地獄で大天使に会った気分よ。――というのも、ご覧の通り、私、にっちもさっちもいかない状況で立ち往生《おうじょう》していたから」

「そのようだね」

ネイサンが認めると、ニッコリ笑ったフィリスが、「ということで」とお願いする。

「そっちの馬車に、乗せてくれない?」

「それは構わないが」

応じたウィリアムが、先ほどと同じ質問を繰り返す。

「君、こんなところでなにをしていたって?」

「友人のお見舞いに行く途中だったの」

そこで、「ああ」と了解したネイサンが、確認する。

「もしかして、前に、新種のシダをあしらった『シダの匣《ファーナリー》』をプレゼントしたいといっていた、例の『気鬱病《メランコリー》』で臥《ふ》せっているという友人のお見舞いかい?」

その時の状況を思い出させるような言葉の羅列《られつ》に対し、フィリスがうなずく。

「ええ」

「ということは、そのご友人は、この近くに住んでいるんだ?」

「そうね」

うなずきながら道を指し示したフィリスが、「この先を」と説明する。

「右折して、雑木林沿いに少し行ったあたりかしら」

つまり、問題の四つ辻を右折するということらしい。

ネイサンが、フィリスの指さした方角を見ながら、考え込むようにペパーミントグリーンの目を細める。

ややあって、さりげなく尋ねた。

「……なあ、フィリス」

「なあに？」

「たしか、そのご友人は、新種の蛇を追いかけていって、悪魔を見てしまったという話だったね？」

「そうよ」

「それって、一年前の話だっけ？」

「たぶん、そうでしょう。——この前も言ったように、この一年ほど臥せっているということだったから」

「なるほど」

相槌を打ちながらウィリアムを見れば、彼も同じ結論に達したようである。

つまり、おそらく、フィリスの友人は、不幸にも薬種商ザイルの惨殺《ざんさつ》事件を目撃してしまった——ということだ。

ゆえに、精神に変調をきたした。

彼女が「悪魔」と言っているのは、残忍な行為に走った犯人のことだろう。

これは犯人逮捕に繋《つな》がる有力な情報が得られると考えたウィリアムが、期待を込めて訊く。

「だったら、フィリス。そのご友人とやらに、悪魔に遭遇した時の話を聞くことは可能か？」

だが、その瞬間、それまで屈託《くったく》なく話していたフィリスがスッと青い目を細め、警戒心を顕《あら》わにする。

「——あら、なぜ？」

「それは」

思わぬ反応に対し、チラッとネイサンのほうを見つつ、ウィリアムは説明した。

「実を言えば、僕とネイトは、今、ある事件について調べているところなんだ」

フィリスが訊き返す。

「それって、もしかして、このへんで起きたという惨殺事件のこと？」

「そう」

意外にも的《まと》を射られ、ウィリアムは若干どぎまぎしながら続ける。

「えっと、知っているのなら話は早いが、もしかしたら、君の友だちは、その事件を目撃している可能性がある」

「そうね」

これまたあっさり認められ、さらにどぎまぎしつつ、ウィリアムは主張した。

「だとしたら、なんというか、僕らが彼女から詳しく話を聞くことで、犯人を特定する重要な手がかりがつかめるかもしれないわけで……」

「たしかに、そうね」

ひとまずウィリアムの言い分を認めたフィリスが、小さく溜息《ためいき》をついてから応じる。その際、いつもの快活さはなりをひそめ、代わりに彼女の聡明さが際立った。

「事情はわかったけど、リアム。残念ながら、彼女からその時の話を聞くのは、無理」

「え、なぜだい？」

落胆《らくたん》を隠せないウィリアムに、フィリスが答える。

「それはね、私って、こんな性格だし、この件に関してはあまり深刻になりたくないから、これまで、あえていつも通りの快活さで話していたけど、実際のところ、友だちが抱えている苦しみは結構深刻で、お医者様が言うには、今はまだ、その時の記憶を封印することで、辛《かろ》うじて精神のバランスを保っているということらしいの」

「……ほお」

「だから、お屋敷の人たちはみんな、当然、彼女が近くで起きた殺人事件の目撃者である可能性にはとっくに気がついているんだけど、申し合わせたようにそのことは口にせず、当時、周辺で聞き込みをしていたお役人にも、なにも言わずにおいたそうなのよ」

「なるほどねえ」

ウィリアムが、神妙な面持ちで相槌を打つ。

じれったい気持ちは否《いな》めないが、そこには、当事者でなければわからない苦しみや恐怖心があるのだろう。

フィリスが言う。

「そうやって、まわりの人たちが、必死で彼女のことを守ろうと努力しているのに、それまでの苦労も知らずに、一年後にひょっこりインドから舞い戻ってきた私が、過去の事件に興味津々の貴方たちを勝手に引き入れて、彼らの努力を無駄にできると思う?」

「たしかに、無理だな」

「絶対に、無理よ」

強調したフィリスが、「だいたい」と続けた。

「私なんて、こうしてたまにお見舞いに行くだけだからまだいいけど、一緒に暮らしているご家族は、そりゃ大変よ」

「だろうね」

もはや相槌しか打てなくなっているウィリアムが、助けを求めるようにチラッとネイサンを見やる。だが、もちろん、ネイサンも口を挟めるような状況ではない。

フィリスが追い打ちをかけるように「そんな状態で」と力説した。

「もし、貴方たちがやったことがきっかけとなって、ふたたび彼女の様子が以前のようにおかしくなった場合、二人は責任を取れるの?」

「いいや」

「ええ、取れないわよね」

断言したフィリスがようやく口を閉ざしたので、ここぞとばかりにウィリアムは言った。

「わかったよ、フィリス。——余計なことを言って、すまなかった」

「ううん」

笑顔に戻りながら、フィリスが応じる。

「わかってくれたらいいのよ」

そんなフィリスに、ウィリアムが改めて言う。

「とにかく、馬車には、ぜひ乗っていってくれ。——君のことを送ったら、僕たちは、すぐに引き返すから」

「それは、本当に助かるわ」

すると、それまで黙って二人のやり取りを見守っていたネイサンが、「だったら」と提案した

「リアム、君が彼女を馬車で送ってくれないか」

「僕がって」

ウィリアムがネイサンを振り返って訊く。

「君はどうするんだ?」

「僕は、ここに残って、辻馬車の修理を手伝うよ」

「修理?」

「ああ。それで、直ったら、フィリスを迎えに行かせる」

「それは名案だが、君、壊れた馬車を直せるのか?」

「さあ」

「直す」と言ったわりに頼りない返事をしたネイサンが、「まあ」と顎《あご》で辻馬車を示しながら言う。

「やったことはないが、この手の修理なら船での生活で慣れているし、彼も一人よりは二人のほうが心強いだろう」

「彼」というのは、今も四苦八苦している辻馬車の馭者のことだ。困っている人間は、たとえ初めて会った馭者であっても見過ごせないのがネイサンである。

言ったように、ネイサンは馬車の修理など今までしたことはなかったが、危険の多い船旅では、壊れた箇所は、その時その場にある道具や材料と持っている知識を総動員して、命がけで直すしかない。

そんな経験を積んでいれば、そこら中に材料となりそうな木材が転がっている陸地での車輪の修理くらい、なんてことないはずだ。

ネイサンが、上着を脱ぎながら「それで」と続けた。

「ここが済んだら、僕は一足先に四つ辻に行っているから、君は、帰りがけ、そこで僕を拾ってくれたらいい」

おそらく、フィリスの友だちの家ならそれなりに格のある家柄のはずで、第六代ロンダール公爵の来訪を知って、なんの歓待もせずに返すことはないだろう。

そのくらいの時間を計算に入れた上での、行動計画だ。

そして、夏の日はまだ十分に高く、なにかをする時間はたっぷり残っていた。

「わかった」

ウィリアムがうなずき、片手をあげて四頭立て馬車を呼び寄せる。道幅は辻馬車のせいでかなり狭《せま》くなっているが、ゆっくりと慎重に通れば通れない幅ではない。

最後にもう一度、ウィリアムが確認する。

「本当に、いいのか?」

「いいに決まっているだろう」

快活に応じたネイサンが、付け足した。

「僕の心配はしなくていいよ。なにかあれば、最悪、歩いてでも家に帰れる」

そこで、ネイサンに代わり、フィリスがウィリアムと四頭立て馬車に乗り込んだ。

そんなフィリスに、ネイサンが改めて言う。

「フィリス。君はわかっていると思うけど、お友だちも、いつかは抱えてしまった恐怖心と戦わないといけない」

「――そうね」

「それには、人に話すのが一番だ」

「わかってる」

ネイサンの忠告を素直に受け止め、フィリスが答えた。

「ありがとう、ネイト。彼女のために私にできそうなことを、もっとよく考えてみるわ」

「それがいい」

「ということで、またね。――気をつけて」

窓から身を乗り出して手を振るフィリスに、ネイサンも手を振り返す。

「ああ。君も」

うなずくフィリスの横から、ウィリアムが言う。

「では、あとで会おう、ネイト」

「ああ」

それを合図に、二人を乗せた馬車は走り去っていった。

6

辻馬車の修理には、さほど時間を取られずに済んだ。

そこで、当初の目的地に向かうように駅者に告げて辻馬車を見送ると、ネイサンは、一人、田舎道《いなかみち》を歩き出す。

駅者は、当然、途中まで乗って行ってくださいと申し出てくれたのだが、あまりに気持ちの良い天気であったので、歩くことにした。

雲一つない空に天高く響く鳥の声。

道端には季節の花々が咲き乱れ、そこここに神の恵みが感じられる午後である。

唯一惜しむべきは、空腹だ。

朝を食べて以来まともな食事をしていないネイサンは、道端に生《は》えている木から適当な果実をもぎ取って腹ごしらえをし、さらにいくつかポケットにしまう。

「本当に、いい天気だなあ……」

ほどなく、四つ辻に辿り着いたネイサンは、首を巡らせてあたりを見まわした。

特に、地面を注意深く観察してみたが、さすがに十年前のことであれば、元治安判事の話に出てきた魔法円の痕跡《こんせき》を見つけることはできなかった。

（……まあ、そりゃそうだよな）

苦笑したネイサンは、当初の目的を果たすために、ポケットから手帳を取り出す。それは、常時持ち歩いているもので、珍しい植物を見つけた際には、場所と日付を書き、簡単なスケッチとサンプルを挟んでおく。

実を言えば、ネイサンは、先ほど辻馬車の故障に遭遇した際に、すぐさま計画を思いついた。ウィリアムと別れて四つ辻に向かい、一人の間に、前回、レベックの忠告を聞き入れて採取しそこなった植物のサンプルを得ようというのだ。

そこで、急ぎシダの茂みをかき分け、この前見つけた植物の植わっているところにかがみ込んで、手帳に色々と書き込み始めた。

植物をスケッチすることの利点は、ただ見ていただけではわからない、細かな点まで注意が向くことである。

ペンを走らせながら、ネイサンはつぶやく。

「う〜ん、やっぱり、見たことのない植物だな。——花が咲けば、もう少し色々とわかるんだが」

ただ、この前は目立たなかった蕾《つぼみ》が、今日はかなり膨《ふく》らんでいて、開花は間近であろうと思われる。掘り起こして持ち帰りたい衝動に駆られたが、そうすると、レベックの警告を完全に無視することになるわけで、ネイサンはそこまで思い切れない。

つまり、それくらい、レベックの言葉に重きを置いている。

そこで、さきほどもぎ取った果実を食べて喉をうるおし、ふたたびペンを走らせる。念には念を入れて、細部まで描きとめようと思ったのだ。

それが済むと、最後に一枚だけ葉をもぎ取って手帳に挟み、ネイサンはようやく立ちあがった。

スケッチに夢中になり過ぎて、時間が経ったのをすっかり忘れていたが、さすがに、そろそろウィリアムがフィリスの友だちのところから戻ってくる頃だ。

そう思いながら振り向こうとした時だ。

ピシッと。

背後で、小石を飛ばすような小さな音がした。

同時に殺気が迫《せま》るのを背中で感じ取ったネイサンは、振り向きざまに応戦の構えを取って、振り下ろされる刃物をすんでのところで右によけた。

シュッと。

銀色に光る刃先が、ネイサンの髪を数本切り裂く。

さらに、ネイサンが体勢を立て直す前に、相手の攻撃が次から次へと繰り出される。その動きに一貫性はなく、訓練された戦闘員というよりは、どこか狂気じみた攻撃だった。

刃先をかわしながら、シダの茂みから転がり出たネイサンの耳に、馬車が近づいてくる音が聞こえた。

おそらく、ウィリアムの乗った馬車だろう。

タイミングがいいのか、悪いのか。

相手の気を逸《そ》らせるにはいいが、決してウィリアムが怪我《けが》を負うようなことがあってはならない。

さまざまなことを考えながら動くネイサンに対し、一歩遅れて茂みから飛び出した襲撃者が、その勢いのまま襲いかかってくる。

「これは、俺のものだ！」

襲いかかりながら、襲撃者が叫ぶ。

「俺が大事に育てている花だ！　貴様にも、他の誰にも触らせるものか――！」

振り下ろされる銀色の刃。

彼方《かなた》で、ウィリアムの叫び声がした。

「ネイト――!!」

第四章　シダの花の秘密

1

ネイサンは、振り下ろされる刃を避けつつ、相手の手首をつかんで反撃に出た。

これまで、ふいを突かれて劣勢を強《し》いられてきたが、体勢さえ立て直してしまえば、所詮《しょせん》は、百戦錬磨《れんま》を誇《ほこ》るネイサンの敵ではない。

つかんだ右手をひねりあげるようにして襲撃者を大地にねじ伏せると、その背中に膝で乗り上げる。その際、無理な方向に折れ曲がった相手の手から刃物が滑《すべ》り落《お》ち、同時に「ぎゃ」と悲鳴があがった。

「痛い、痛い！」

襲撃者が叫び、さらに哀願《あいがん》する。

「放してくれ。頼む！　骨が折れてしまう！」

だが、そう言われたところで簡単に放すわけにはいかず、ネイサンはその状態のまま問いかけた。

「放してやるから、その前に答えろ。お前は何者だ？　なぜ、僕を襲った⁉」

それに対し、とっさに口をつぐもうとした相手の腕を、さらに強くねじりあげる。

「ぎゃあ、痛い！」

「だから、放して欲しけりゃ、名を名乗れ！」

ネイサンだって、必要と思えば無情にもなれる。

手加減せずに問い質《ただ》すと、相手はついに観念して名前を名乗った。

「ル、ルースだ。ト、トーマス・ルース」

「――トーマス・ルース？」

ネイサンが、胡乱《うろん》げに繰り返す。

どこかで聞いたことがある気もするのだが、すぐには思い出せない。

そこで、さらに問う。

「なら、なぜ、僕を襲ったりしたんだ？」

問いつめながらも、その点については、理由に心当たりがなくもない。

なぜなら、「ルース」と名乗った男は、ついさっき、ネイサンに襲いかかりながら、「これは、俺のものだ」とか、「俺が大事に育てている花だ」などと口走っていたからだ。

それらから察するに、おそらく、彼は、あの新種の植物に目をつけ、ずっと世話をしていたのだろう。それなのに、突如《とつじょ》ネイサンがやってきて横から手を出そうとしたから、阻止《そし》しようとして襲った。

ルースの答えを待つ間にも、四頭立て馬車から降り立ったウィリアムが、こちらに駆け寄りながら大声で言った。

「おい、大丈夫か、ネイト⁉」

「ああ、心配ない」

答えながら、ネイサンは、ひとまずルースの腕を解放してやる。ウィリアムも来たことだし、逃げられる心配はまずないと踏んだのだ。

それに、落ち着いてよくよく見れば、刃物を持たないルースは、ただの無力そうな老人に過ぎなかった。

身なりは、決して悪くない。

つまり、盗賊的《とうぞくてき》な要素や、浮浪生活に疲弊《ひへい》してやけになっているというような傾向はいっさい見られず、むしろ、市井《しせい》に紛《まぎ》れたら、ふつうに生活している一般市民といった姿かたちをしている。

この男のどこに、あのような狂暴さが潜《ひそ》んでいたのか。

もっとも、睨《にら》みあげてくる瞳には、まだ狂気の片鱗《へんりん》が潜《ひそ》んでいるので、やはり、油断はならなそうだ。

隣に並んだウィリアムが、尋ねる。

「それで、いったい何があったって？」

「それが」

解放された腕をさすっているルースを見おろしながら、ネイサンが答える。

「僕にもまだよくわからないんだが、この男に襲われたのは事実だよ」

「それは、わかっている」

応じながら、足元に転がっていた刃物を拾いあげたウィリアムが、ウィスキーブラウンの目をスッと険呑《けんのん》に細めて、問い質す。

「──もしかして、これで背後から？」

見せられたのは、握り部分のある鉤爪《かぎづめ》型の鋭利な刃物で、太陽の光を反射して、刃先がキラリと銀色に光った。

こんなものを、先ほどのようにめったやたらと振り回された暁《あかつき》には、背中に傷を負って抵抗できなくなった者なら、ズタズタにされてしまうだろう。

まさに、悪魔の所業だ。

ネイサンがうなずく。

「ああ」

「よく、無事だったな」

「まあね」

すべては、直感と機敏さのなせる技だ。

と――。

凶器を見おろしていたウィリアムが、「あ、まさか」とつぶやき、やけに限定的な心配をし始めた。

「ネイト、君、顔に傷なんて負ったりしていないだろうな?」

「負ってないよ」

「一ミリたりともか?」

「それは知らないけど、ありがたいことに、顔以外も、致命的な傷は負ってないから安心してくれ」

ネイサンは嫌みとして繰り出したのだが、案の定《じょう》、ウィリアムには響かない。それどころか、言葉だけでは安心できないとばかりに、刃物を持ったまま、両手でネイサンの顔をガシッとつかみ、左右に動かして検分し始める。

その状態で告げた。

「もちろん、安心しているよ。これだけピンピンしていて、ケガもなにもないだろう。――それに、顔以外のことなんて、この際、どうでもいいし。なんといっても、僕は、この顔さえ無

傷でいてくれたら、それでいいんだ」

「……それは、ありがたくて涙が出そうだよ」

ウィリアムの手を振り払いながらつぶやき、ネイサンは深い溜息《ためいき》をつく。

かように、ウィリアムは、昔からネイサンの顔の心配ばかりしている。

熱が出ても、顔。

怪我《けが》を負っても顔。

顔、顔、顔で、学生時代に、ウィリアムのことを守るために喧嘩《けんか》をし、その代償《だいしょう》として骨を折った時ですら、「ま、顔が無事なら、特に問題ないだろう」とのたまって、さすがにまわりの顰蹙《ひんしゅく》を買っていた。

今さらながら諦《あきら》めの境地に達したネイサンが、「僕の顔のことより」と現在の状況に注意を向けさせる。

「問題は、彼だろう」

「たしかに」

認めたウィリアムが、改めてルースを見おろす。

「この不届き者をどうするか」

二人の視線を浴びたルースが、どこか開き直ったようにのたまう。

「言っておくが、俺はなにも悪くないぞ！」

「は？」

ウィリアムが、呆《あき》れ返《かえ》って言い返す。

「ネイトに襲いかかっておいて、なにを言ってやがる？」

「そんなの、そいつが悪いからだ」

「そいつって、ネイト？」

「ああ」

「なんで、そうなる？」

本末転倒も甚《はなは》だしい。

当然、眉《まゆ》をひそめるウィリアムに対し、ルースが主張した。

「理由は、そいつが盗人だからだ」

「盗人？」

「そう」

「バカ言うな。ネイトが、なにを盗んだって言う気だ？」

この時点で、ウィリアムはルースの言うことをまったく理解できずにいたが、ネイサンは、いささか事情が違う。

ルースの言いたいことを、しっかりと理解している。

案の定、唾《つば》を飛ばしながらルースが叫ぶ。

「バカなもんか！　そいつは、俺が大事に育てているシダの花を横取りしようとしたんだ！」

「――シダの花？」

唐突に飛び出した単語に意表を突かれたウィリアムが、当惑した様子で「シダの花って……」とつぶやく。

さらに、「シダの花……」と三度《みたび》繰り返したあと、ネイサンに向かって確認した。

「なあ、こいつ、なにを言っているんだ？」

「さあねえ」

「もしかして、本当に、どこかにシダの花が――それがシダと仮定してだが――咲いていると思うか？」

「まさか」

ネイサンは答えたが、もちろん嘘だ。

ルースの言う「シダの花」に該当《がいとう》しそうな花は見つけていたが、今はひとまず誤魔化すことにする。

というのも、あの花のことを話せば、ウィリアムは、ネイサンが止めるのも聞かず、引っこ抜いて城へと持ち帰ろうとするだろう。そのへんは、やはり「公爵様」であり、物事は自分の思う通りにできると考える若干《じゃっかん》の傲慢《ごうまん》さがある。

だが、レベックの助言を思うと、それは絶対に控《ひか》えるべきであり、説得する自信がない限り、黙っていたほうが得策だ。

どちらにしろ、発見した花は蕾の状態で、まだ咲いてはいなかったので、今の答えは必ずしも嘘とは言えない。

すると、ルースが「今は！」と口を挟《はさ》んだ。

「咲いていないが、もうすぐ咲く。俺は、それを待っているんだ。俺が大切に育ててきたおかげで、今年もきっと赤い花を咲かせてくれる。――そうすれば、俺は、また、大金をつかむことができるんだ!!」

言ったあとで、全身に狂気をみなぎらせて宣言した。

「それを、誰にも邪魔させやしない！」

ネイサンとウィリアムが、不覚にも、一瞬、相手の迫力に飲まれて黙り込む。ただ、その沈黙の最中にある重大な事実に気づいて、どちらからともなく視線をかわした。

その状態で、口々につぶやく。

「ちょっと待てよ」

「ああ、たしかに」

「赤い花？」

「誰にも、邪魔させやしない？」

それらの言葉から推測され得ること――。

二人して考え込みながらゆっくりとウィリアムが手にしている鉤爪型の刃物を見おろし、それから、ふたたびどちらからともなく顔を見合わせる。

その顔に宿る緊張と確信。

ややあって、ウィリアムが「ということは」と推測する。

「もしかして、一年前の夏至《げし》の前夜に、ここで薬種商のザイルを殺した犯人というのは――」

ネイサンが、即応する。

「ああ。間違いなく、彼だな」

2

いともひょんなことから、二人は、これまで捕まらずにいた冷酷《れいこく》無比な殺人犯を捕まえてしまった。

ひとまず、ネイサンに対する殺人未遂《みすい》容疑で逮捕《たいほ》されたルースは、その後、官憲の手で取り調べが行われ、思いの外《ほか》すんなり自白したという。

それによると、一年ほど前、四つ辻《つじ》で薬種商のザイルを殺害したことに間違いはなく、その理由として、ネイサンを襲った時と同じ理由を口にしたらしい。

曰《いわ》く。

彼の大事なシダの花が奪われるのを阻止した――。

博識な官憲に、「シダに花は咲かない」と笑われても、彼はその主張を引っ込めることはなく、彼の証言をもとに改めて行われる予定の現場検証では、その幻《まぼろし》の花の捜索《そうさく》にも重点が置かれることになったという。

週明け。

ハマースミスのブルー邸《てい》にやってきて、それらのことを報告したウィリアムは、テーブルの上に並べられた皿からキュウリのサンドウィッチを取りながら、「この一連の流れの中で」と告げた。

「なにより驚くべきことは、僕たちが、犯人であるトーマス・ルースのことを、すでに知っていたということなんだ」

「ああ、そうだね」

あっさり受け入れたネイサンに対し、ウィリアムが少々がっかりした様子で言い返した。

「なんだ、ちっとも驚かないんだな」

「まあね」

苦笑したネイサンが、「というのも」と説明する。

「名前を聞いた際、とっさにどこかで耳にしたことがあるような気がしたんだけど、その時は思い出せず、昨日の夜、ベッドの中でふいに思い出したんだ」

すると、ネイサンが結論を言う前に、ウィリアムが慌てて口を開いた。

「フクシア」

「うん。フクシアだね。——前にドニーが話していた、フクシアの新種の栽培《さいばい》で成功したという素人《しろうと》園芸家の名前が、トーマス・ルースだった」

「ドニー」というのは、二人の共通の友人であるドナルド・ハーヴィーの愛称で、ネイサンが「しかも」と続ける。

「その時の話では、たしか、ルースの成功の裏には、悪魔の存在が関係する——というようなことが言われていたんじゃなかったっけ？」

「そうなんだよ」

ウィリアムは認め、紅茶を一口飲んでから人さし指をあげて続けた。

「それが、今回の自白によって、単なる噂《うわさ》だけでなく事実だということがわかった」

「事実？」

それは意外だったネイサンが、事情を問う。

「どういうことだ？」

「ああ、いや。なんというか、ルースという男は、本当にどっぷりと悪魔にはまっていたようなんだ。——もちろん、悪魔なんてものが本当にいたとしての話だが」

あくまでも懐疑的なウィリアムに対し、ネイサンが「まあ」と応じる。

「悪魔がいるかいないかの問題はさておくとして、彼が、そこまで悪魔とお近づきになれた原因は、やはり、勤めていた屋敷の主人が、悪魔主義者だったからだろうね」

以前、ここで聞かされた話をもとに推論を述べると、ウィリアムも「ああ」と認めて続ける。

「どうやら、彼は、庭仕事を手伝うだけでなく、屋敷の主人が行う怪しげな儀式の助手も務めていたようで、いつしか簡単な悪魔召喚《しょうかん》の儀式くらいなら、本を見ずにできるようになったらしい。あのみょうちきりんな鉤爪型の刃物も、亡き主人のそっち系のコレクションからくすねたもののようだし」

「ふうん」

そこで、なにか考え込んだネイサンが、ややあって「だとしたら」と言う。

「あの話も、俄然《がぜん》、現実味を帯びてくるね」

「――あの話？」

ネイサンの思わせぶりな言葉に、ウィリアムが首をかしげて訊《き》き返《かえ》す。

「あの話というのは？」

「ほら」

ネイサンが、記憶を喚起《かんき》させるように手をヒラヒラと動かしながら言う。

「この前、僕たちが訪ねた元治安判事の話では、たしか、十年くらい前にあの四つ辻で馬車の横転事故が起きた際、地面に魔法円のようなものが描かれていたということだったろう」

「しかも、近くには、そういうことをしそうな悪魔主義者が住んでいたという話だったじゃないか」

「ああ、そうだったな」

「ああ、それね」

合点《がてん》したウィリアムが、認める。

「君の想像通り、そいつが、以前、ルースが勤めていた屋敷の主人だ」

「やはり、そうか」

うなずいたネイサンが、「それなら」と推測する。

「事故のあった夜に、あの四つ辻で、本当に悪魔召喚の儀式が行われていた可能性が高いということだ」

「というか、実際、行われていたんだが、儀式を行ったのは本来の悪魔主義者のほうではなく、ルースだ」

「ルースが？」

軽く目を見開いたネイサンが、訊き返す。

「単独で？」

「ああ」

「彼が、そう自白した？」

「そうだ」

認めたウィリアムが、「言ったように」と本腰を入れて話し始める。

「悪魔主義者であった主人を長年手伝ううちに、悪魔召喚の儀式のやり方を自然と覚えたルースは、十年前のあの日、主人の書斎から魔術書をこっそり拝借《はいしゃく》し、四つ辻で実践《じっせん》してみたのだそうだ」

「へえ」

「場所を四つ辻にしたのは、四つ辻というのが、その手のモノを呼び出すのに適しているのと、他に魔法円を描けるような場所を思いつかなかったから……ということらしい」

「なるほどね」

ネイサンは、納得する。

あの四つ辻で儀式をしたのが本来の悪魔主義者でなかったのは、彼なら、わざわざそんなところまで行かなくても、屋敷内の好きな場所でやることができたからだろう。

それに比べ、あくまでも使用人に過ぎなかったルースのほうは、与えられた部屋の広さもたかが知れていて、魔法円などを描くような余分なスペースはなかったということだ。

「ちなみに」と、ウィリアムが付け足す。

「真夜中なら、人や馬車が通ることもないだろうと、安易に考えたそうだ」

「まあ、そうだろうね」

どこか同情的に応じたネイサンが、「ただ」と残念そうに付け足した。

「何事にも、例外はある」

「その通り」

ネイサンの指摘に深くうなずいたウィリアムが、「実際」と続ける。

「その夜、馬車は通った。――しかも、二台」

ネイサンが、その時の光景を想像して言う。

「さぞかし驚いただろうな」

「どっちが？」

「――どっち？」

ウィリアムの突っ込みに対し、少し考えてから、ネイサンが答える。

「まあ、どっちも……だろう」

通るはずがないと高をくくっていたところに馬車がやってきたら、それはそれで驚くだろうし、夜道を飛ばしていた馭者《ぎょしゃ》にしたって、誰もいないと思っていた道の真ん中に男が立っていたら、やはり、びっくりするに違いない。

「なんであれ、十年前に起きたという馬車の事故は、ルースが原因だったということが、これではっきりしたわけだ」

ネイサンは確信を込めて言ったのだが、意外にも、ウィリアムは否定した。

「あ〜、いや、どうも話を聞く限り、必ずしもそうとはいえないようなんだ」

「え？」

驚いたネイサンが、訊き返す。

「それなら、ルースは関係ない？」

「いや、それも違う。当たり前だが、関係ないわけはなく、関係はしっかりあるんだが……、そうだな、なんて言えばいいんだ？」

説明の仕方に悩んでいるらしいウィリアムが、考え込みながら話す。

「ある意味、半分くらいは彼のせいだが、残りの半分は彼のせいではなく、そうかと言って、結局のところ、そうなる原因を作ったのは、やっぱり彼だ」

なんとも歯切れの悪い説明に対し、ネイサンが眉をひそめて言い返す。

「……言っている意味が、ぜんぜんわからないんだが」

「だろうな。わかっている」

「わかっているなら、しっかり説明してくれ」

「だから、努力はしているんだが……」

埒《らち》のあかない言葉に対し、「わかった」と手をあげたネイサンが、話を整理するように問い質す。

「それなら訊くが、半分はルースのせいで、残りの半分は違うのだとしたら、その残りの半分というのは、いったい誰のせいだという気なんだ？」

「誰って――」

そこで、一瞬言い淀《よど》んだウィリアムが答える。

「――悪魔」

「悪魔？」

意外な回答に対し、ネイサンが片眉をあげてみせると、ウィリアムが、「だから！」とヤケクソのように説明する。

「これは、あくまでもルースの言い分であるわけだが、彼が自白したところによると、問題の夜、彼は悪魔を召喚している最中に、遠くから聞こえてきた馬車の音に驚いて、とっさにシダの茂みに身を隠したそうなんだ」

「シダの茂み……」

「そこで、その馬車が行き過ぎるのをじっと待っていたらしいんだが、どうしたわけか、馬車が魔法円の上に差し掛かったとたん、馬が、急に二本足で立ちあがって嘶《いなな》き、暴れ出したのだと主張している」

「馬が？」

「ああ。――それで、制御《せいぎょ》を失った馬車が横転し、あの事故に繫《つな》がった」

「へえ」

その奇妙な話に対し、好奇心をあおられながらネイサンが言う。

「ということは、あくまでも、ルースは、馬車の横転事故をシダの茂みから眺めていただけで、直接の原因にはなっていないことになるな」

「彼の言い分を信じるなら、そうだ」

「だけど、ルースがそこにいなかったのだとしたら、いったい馬は何に驚いたんだろう？」

「知らないが」

肩をすくめたウィリアムが、「ただ」と教える。

「ルースが言うには、馬車が横転していろんなものが飛び散る中で、その場には、夜目にも黒く見えるなにかの影が過《よぎ》ったんだと」

「影？」

繰り返したネイサンが、納得がいかないように続ける。

「でも、あたりは暗かったんだろう？」

「そうだ」

「それで、よくそんなものが見えたな」

「僕もそう思ったけど、道にはルースが持ってきた蠟燭《ろうそく》があったそうだから、そのわずかな明かりで見えたのかもしれない」

「なるほど」

ひとまず納得したネイサンが、つぶやく。

「……黒い影ねえ」

ややあって、確認する。

「つまり、それこそが、その場に『悪魔が現れた』という彼の言い分に繫がるわけだな?」

「ああ」

うなずいたウィリアムが賛同を求めるように、「な?」と問いかける。

「これで君にも、さっき僕が答えにつまった理由がわかっただろう。——横転事故の原因はルースではなく、ルースが呼び出した悪魔だった。ただ、その場に悪魔を呼び出したのはルースであるのだから、その点を含めて言えば、結局のところ、やはり彼のせいだと言える」

「なるほど」

「もっとも、何度も言うが、すべては、悪魔がこの世にいたとしての話であり、そんなわけがないことを考えたら、やはりルースがなんらかの原因を作ったということなんだろう。——というか、単純に、道に置かれた蠟燭の火に驚いただけかもしれないし」

「……まあ、そうだね」

ネイサンは認めるが、必ずしも心は納得していない。

というのも、もし、ルースが本当に悪魔の召喚に成功していて、あの場にはその時に呼び出された悪魔が今も存在しているのだとしたら、先日、レベックの言っていた言葉が俄然、真実味を帯びてくるからだ。

曰く、彼らが見つけた新種の花は。


どうやら、本当に悪魔の支配下にあるようです――


ネイサンは、考え込む。

（悪魔か）

そう聞いて、具体的にどんなものを想像するかと言えば、正直、まったくその姿は想像できないが、世界中を船で巡《めぐ》り、危険な体験を積み重ねてきたネイサンとしては、ウィリアムのように、その手のものが存在しないと安易に判断する気にもならなかった。

（むしろ……）

ネイサンは思う。

（この世には、人智の及ばないものなど、腐るほど存在しているのではなかろうか）

そして、それを否定するのは、単に人間の傲慢さの表れに過ぎない。

黙りこくっているネイサンに対し、ウィリアムが、「なんであれ」と告げた。

「ルースは、それ以来、四つ辻に悪魔の姿を求めて通うようになり、ある時、悪魔から贈り物を受け取ったんだとさ」

「――贈り物？」

顔をあげたネイサンが応じる。

「つまり、それが、彼の言うところの『シダの花』か」

「そう」

うなずいたウィリアムが、続ける。

「使用人の仕事を辞めて数年が経《た》った頃のことだそうだが、シダの茂みに赤い花が咲いているのを見て、自分には富が約束されたと確信したそうだ」

「富？」

眉をひそめたネイサンが、訊き返す。

「それは、幻のシダにまつわる言い伝えを受けてのことだろうね？」

「ああ」

「ということは、悪魔うんぬんの話が出てくる以前から、あのあたりには、もともとシダの花にまつわるその手の信仰があったということか」

「そのようだな」

認めたウィリアムが、「しかも」と言う。

「実際、ルースは、それからしばらくして、新種のフクシアで大儲《おおもう》けをしている」

「そうか」

ネイサンが、真剣な表情になって認める。

「そのあたりが連鎖《れんさ》すれば、当然、悪魔の贈り物であるシダの花が自分に富と幸運をもたらしたと信じ込むだろうし、それを自分だけのものにしておきたいという、強欲且《か》つ身勝手な保身の心も働いてくるってわけだ」

「まあな。——僕なら、分かち合おうと思うけど」

ウィリアムの茶々に対し、ネイサンが苦笑して応じる。

「それは、君が恵まれた環境にいて、且つ根が善人だからだろう」

それに比べ、ルースは貧しく性根が腐っていた。

そのことを、ネイサンが言う。

「ルースの場合は、悪魔が彼に富をもたらし、その富を一人占めするために、その後、無残にも人を殺さざるを得なくなったわけだ」

「まさに、悪魔的《デモニッシュ》な連鎖だな」

「そう思うよ」

そして、そうなると、悪魔からの贈り物は、本当の贈り物というよりは、単に、悪魔に人の命を捧《ささ》げるためのエサに過ぎなかった可能性も出てくる。

まさに、悪魔の奸智《かんち》だ。

感慨《かんがい》深くうなずいたネイサンに、ウィリアムが、「ただ」と言う。

「本当に目新しい情報はここからで、ルースが言うには、十年前の馬車の横転事故の時、言ったようにシダの茂みに身を隠していた彼は、その場に、あとから別の馬車がやってくるのを見たそうなんだ」

「別の馬車？」

繰り返したネイサンが、「……たしか」と記憶を辿《たど》りながら応じる。

「元治安判事の話にも、二台目の馬車のことが出てきたね」

「ああ」

うなずいたウィリアムが、人さし指をあげて言う。

「それが、ある意味、実証されたことになる」

「なるほど」

「で、ルースの証言なんだが、あとから来たのは、立派な四頭立て馬車で、そいつが事故現場まで来ると、中から慌てた様子で人が降りてきて、倒れている馭者などには目もくれずに、その場でなにかを探し始めたらしい」

「……なにかを探す？」

「ああ」

「なにを？」

「それは、当時、ルースにもわからなかったそうだが、一つ言えるのは、あとから来た人間は、間違いなく、辻馬車に乗っていた身元不明の男の関係者だろうということだ。——それでもって、これは、あくまでも僕の想像だが、彼らは、辻馬車に乗っていた男の到着を待っていたのに、約束の時間になっても来なかったため、彼を捜しにきて、あの事故現場に遭遇《そうぐう》したのではないかということだ」

「なるほど」

ネイサンも納得し、推測に推測を重ねる。

「だとしたら、彼らが本当に待っていたのは、残念ながら人ではなく、その男が彼らのところにもたらすはずだったなにかのほうだな」

「ああ」

「で、そのなにかを、暗がりで必死に探しまわっていたということだろう。——つまり、よほど大事なものだったってことになる」

「僕もそう思うが、ルースが言うには、気の毒に、探しものは見つからなかったようで、ほどなくして、彼らは諦め、来た道を帰っていったのだそうだ」

「ふうん」

だとしたら、その探しものというのは、なんだったのか。

ネイサンには、なにかが引っかかる。

真夜中の探し物。

悪魔と幻のシダの花。

その場に咲いたという、赤い花。

そして、実際にネイサンが目にした未知の植物――。

それらがごちゃまぜになって、頭の中を駆け回る。

「……花か」

つぶやいたネイサンが、尋ねる。

「ちなみに、その四頭立て馬車に、なにか特徴《とくちょう》のようなものはなかったのか?」

「あった」

「あったんだ?」

意外だったネイサンに対し、「ああ」と重々しくうなずいたウィリアムが、その一瞬、ウィスキーブラウンの目を細めて策略家めいた表情を浮かべた。その様子からして、どうやら、彼のほうでも、この件についてなにがしかの推測を巡らせているらしい。

ウィリアムが続ける。

「今、君、『花か』とつぶやいていたが、ルースが言うには、馬車の車体には、まさに大手花《か》卉《き》業者である『ビーチェ商会』の商標が入っていたそうだ」

「ビーチェ商会?」

ネイサンが繰り返し、「だけど」と言う。

「それが本当なら、彼らは、そんな真夜中に、なにを大慌てで運ぼうとしていたんだ？」

言いながらも、なぜか心がざわついた。

同時に、先ほどと同じ意味の言葉が、頭を過る。

幻のシダの花。

赤い花。

そして、未知の植物――。

それらすべての答えが、すぐそこに見え隠れしているような気がするのだが、はっきりとはわからない。

だが、ウィリアムにはしっかりと答えが見えているようで、「当然」と答えた。

「僕もそのことを真っ先に疑問に思ったんだが、君と違い、十年前というその時期と照らしあわせて考えると、ちょっと思い当たる出来事があるんだよ」

「思い当たる出来事？」

「ああ」

うなずいたあとで、ウィリアムは少し言いにくそうに「ある意味」と付け足した。

「それは、僕の負の歴史でもあるんだが」

ネイサンが、疑わしげにペパーミントグリーンの目を細めてウィリアムを眺める。

「負の歴史だって？」

いからだ。

「でも、だとしたら、植物の蒐集《しゅうしゅう》に関することではないはずだな?」

もしそうなら、「比類なき公爵家のプラントハンター」を誇るネイサンが知らないはずはないからだ。

しかし、ウィリアムの答えは、ネイサンの予想を裏切るものだった。

「いや。まさに植物の蒐集に関することで、だ」

ネイサンが眉をひそめる。

そう言われても、まったく心当たりがない。

「え、植物の蒐集って、……十年前?」

必死で考えるネイサンを見て、苦笑したウィリアムが申し訳なさそうに教える。

「ああ、悪い。君は知らなくて当然だ。なにせ、あの時期、ロンドンにはいなかったからな」

「ということは、もしかして、僕が南米に行っていた時のことか?」

「そうだ」

そこで、おおよその時期を把握《はあく》したネイサンが、「なるほど」とホッとしながら納得する。

それなら、知らなくても仕方ない。

安心したところで、訊き返す。

「で、それは、いったいどういう出来事だったんだ?」

「そうだな」

ウィリアムが答える。

「ことの起こりは、インドだ」

「インド？」

改めて考えたネイサンが、確認する。

「その頃のインドといえば、たしか、チャの木の栽培地を巡り、国をあげてかなり大がかりなチベット探検が行われたんではなかったか？」

「その通り」

認めたウィリアムが、「だが」と否定する。

「今回の件に、チャの木は関係ない」

「へえ」

「ただ、探検隊の一人が、帰り道、サルウィン河畔《かはん》に建っていた僧院の廃墟《はいきょ》で、赤い花を咲かせている珍しい植物を見つけてカルカッタの植物園に持ち込んだことが始まりだ」

「赤い花――」

それはまさに、幻のシダの花としてもてはやされている花の色と同じである。

ウィリアムが説明を続けた。

「カルカッタの植物園で調べた結果、その花が新種であることがわかり、当時の総督《そうとく》の娘の名前をとって『高貴なるエレメティア』と名付けられ、二株が船でロンドンに送られることになったんだ」

「ふうん」

本当に、ネイサンには初耳である。

「『高貴なるエレメティア』ねえ」

「その二株の行き先は決まっていて、一つは、当時から亜熱帯植物の育成環境が整っていたロンダール・パレスが選ばれ、もう一つは、その探検旅行の最大の出資者であったビーチェ商会に渡ることになっていた」

「なるほど」

妥当《だとう》だなと、ネイサンは思う。

ロンダール公爵家とビーチェ商会は、その当時から異国の植物の育成では一、二を競い合っていた。

ウィリアムが、「だが」と悔《くや》しそうに告げる。

「残念ながら、航海中に二株のうちの一つが枯れてしまい、しかも、運の悪いことに、それはロンダール・パレスに送られるはずのものだった」

「それは、本当に残念だったね」

だからこその『負の歴史』なのだろう。

そう思ったネイサンだったが、どうやら、ことはもっと複雑らしい。

ウィリアムが、「だけど」と続ける。

「当時、僕は諦めきれず、ビーチェ商会に働きかけて、あちらに行くはずだった株を、ロンダール・パレスで引き取れるように交渉《こうしょう》した」

「へえ」

「というのも、当時も今も、うちには育成のための環境だけでなく、名だたる花の栽培人が揃《そろ》っていて、『高貴なるエレメティア』を育てられるとしたらロンダール・パレス以外にないと信じていたからだ。——それに、もちろん、ただとは言わなかったさ。それ相応の代金を支払うという条件で」

ネイサンが、疑わしげに訊き返す。

「ビーチェ商会は、その説得に応じたのか？」

それは、俄《にわ》かには信じがたいことである。

だが、ウィリアムが自慢するのと同じで、あちらにも大手花卉業者としてのプライドがあるだろう。

ウィリアムは「ああ」とうなずいた。

「応じてくれた」

「……それは、よかったな」

応えたものの、違和感は拭《ぬぐ》えない。

なぜ、「ビーチェ商会」は、目先の利益だけを取り、新種の育成という千載一遇《せんざいいちぐう》の機会を投げ出す気になれたのか。

（なにか、おかしくないか……？）

少なくとも、当時、もしネイサンがいれば、絶対にその取引に「待った」をかけたはずだ。

もやもやした想いを抱えたままのネイサンに対し、ウィリアムが言う。

「そうなんだが、そうまでして手に入れたエレメティアは、わかっていると思うが、結局、こちらで花をつけることなく枯れてしまった」

「ああ、まあ、そうなんだろうね」

でなければ、この十年間、何度もロンダール・パレスに通っているネイサンが、その目でエレメティアを見ていないはずがない。

かように、異なる環境における植物の育成は困難を極め、ここに至っての「負の歴史」ということなのだ。

それを思うと、あの四つ辻にエレメティアが根付いたことは、まさに「悪魔の所業」と言えなくもなかったが、とにもかくにも、公爵家の威信にかけ、大金をはたいてまで強引に引き取った新種の花の育成に失敗した。

当然、プライドもなにもズタボロだったはずだ。

おそらく、これまでウィリアム以下、関係者の誰一人としてその話をネイサンにしなかったのは、彼らのプライドが、かつての失態を第三者に告げることを「良し」としなかったからだろう。

結果、枯れた瞬間から、「高貴なるエレメティア」は、触れてはならない禁忌《きんき》となった。

ネイサンが、同情を込めて言う。

「……それは、なんともご愁傷《しゅうしょう》様だったね」

「別に」

軽く肩をすくめたウィリアムが、そっぽを向いて言う。

「済んだことだし、今さらどうということもない」

「まあ、そうなんだろうけど」

苦笑するネイサンに、ウィリアムが「ただ」と一つの可能性を口にした。

「このところ思うんだが、もし、あの頃、僕がレベックの存在を知っていたら、あるいは、まったく違った結果になったかもしれないな」

ネイサンが、軽く目をみはる。

というのも、もともと、ウィリアムは、ネイサンがどこの馬の骨とも知れないレベックを重宝することに、あまりいい顔をしていなかったのだ。

そこには、彼なりの警戒心があったのだろう。

だが、今のウィリアムの発言は、それを完全に覆《くつがえ》し、彼がレベックを信頼し、且つその植物に対する育成能力をとても高く評価していることを表していた。

いったい、いつの間に、そこまでの評価を得ていたのか。

もっとも、レベックの誠実かつ熱心な仕事ぶりを近くで見ていれば、自然と信頼を寄せる気になるし、だとしたら、これは間違いなく、レベック自身がおのれの努力で勝ち取ったものと言えるだろう。

まるで息子を想う親のようにネイサンが誇らしくもこそばゆい気持ちでいると、庭に視線をやっていたウィリアムが、「そういえば」と話の流れで訊いた。

「今日はレベックの姿が見えないようだが、彼は、どうしたんだ？」

「ああ、レベックなら、休暇を取っているよ」

「休暇？」

意外そうに応じたウィリアムが、感想を述べた。

「それは、珍しいな」

「そうだけど、彼はむしろ休まなすぎるから、これはいい傾向だと思っている」

「まあな」

「それに、今はレベックのことより、こっちの件だろう。話を戻すと、君、そのエレメティアを巡る騒動が、今回のこととなにか関わりがあると思っているんだろう？」

「ああ」

肯定したあとで、ウィリアムが「いや」と迷うような素振《そぶ》りを見せた。

「ただ、これは、あくまでも僕の直感に過ぎず、まだなんの根拠《こんきょ》もないことだから、安易に他人に話してしまっていいものかどうか」

「なにを今さら」

呆れたネイサンが、確約する。

「君はよく直感でものを言うし、当たり前だが、僕には、ここで聞いた話をよそで吹聴《ふいちょう》してまわる趣味はない」

「それは、わかっている」

そのあたりは、ネイサンの人となりを熟知《じゅくち》しているウィリアムが、「そうではなく」と告げる。

「この件に関しては、正直、過去の経緯《けいい》から正当な見方ができなくなっているだけかもしれなくて、根拠もなく人を疑うことに対し、僕自身が迷いを覚えているだけなんだが」

前置きしたウィリアムが、「でも」と言う。

「まあ、いいか。君だから言ってしまうと、もしかしたら、あの時、僕は騙《だま》されたのではないかと思って」

「騙された？」

ネイサンが眉をひそめて応じる。

穏やかならぬ話になってきたが、そんな時こそ、ウィリアムの直感はよく当たる。

それになにより、この話を聞いた時、ネイサン自身、怪しげな印象を持ったのだ。

ネイサンが、「それって」と尋ねる。

「咲くことなく終わってしまったエレメティアの花が赤い色をしていたのと、最近目撃されている幻のシダの花が同じ赤であることに、なにか関係しているんだろうね？」

「もちろん、そうだ」

先に話の大枠《おおわく》を指摘されたことで、彼の中であやふやだったことが確信に変わったらしく、ウィリアムが「実は」と疑惑を口にしかける。

だが、そこへ、この家の家令兼執事であるバーソロミューがやってきて、二人の会話に割って入った。

「お話し中のところを大変申し訳ございませんが、公爵様《アワー・ロード》、ご主人様」

手練《てだ》れのバーソロミューが、こうしてあえて主人たちの会話の腰を折るということは、それなりに急な用事が出来《しゅったい》しているということであり、心得ているウィリアムがとっさに言葉を止めた前で、ネイサンが応じる。

「——ああ、なんだい、バーソロミュー？」

「実は、表に『ハーヴィー&ウェイト商会』のウェイト様がいらっしゃっていて、至急、ご主人様にお目通りをお願いしたいと申しているのですが、——いかがいたしましょう？」

「ウェイト氏が？」

あまりに意外な人物の名前を聞き、ネイサンとウィリアムが同時に顔を見合わせる。

ややあって、ウィリアムの了承を得て、ネイサンが言う。

「わかった。会うよ。応接室のほうに通してくれ。――あ、その際、リアムも一緒だと伝えてくれないか」

「かしこまりました」

慇懃《いんぎん》な態度でバーソロミューが立ち去り、ひとまず食事の席を立ったネイサンとウィリアムは、応接室に場所を移し、そこで改めて訪問者を迎えた。

「これは、よく来てくださいました、ミスター・ウェイト」

立ち上がって挨拶《あいさつ》したネイサンに対し、ウィリアムはソファーに座ったまま鷹揚《おうよう》に迎え入れる。

「やあ、どうも」

それに対し、扉口に立ったアダム・ウェイトが礼儀正しく応じた。

「こんにちは、公爵様《アワー・ロード》、ミスター・ブルー」

3

ウェイトが続けた。

「突然、お邪魔して申し訳ありません。――しかも、公爵もご一緒のところに」

「構いませんよ」

「ああ、気にするな」

「ありがとうございます」

軽く一礼して応じたあとで、ウェイトが言う。

「とはいえ、ここに公爵もいらしたことは、我々双方《そうほう》にとって幸運だったと言えるでしょう」

「双方にとって？」

その意外な言葉に対し、ネイサンとウィリアムがそれぞれ首をかしげた。

そこへ、バーソロミューが新しいお茶のセットを運んできたので、一旦《いったん》話は途切れる。

ハーヴィーの相棒であるアダム・ウェイトは、中肉中背で眼鏡《めがね》をかけた物静かな紳士だ。黒褐《こっかっしょく》色の髪に黒褐色の瞳を持ち、目立って品格があるわけではないが、決して野暮《やぼ》ったくもなく、簡単に人混みに紛れられる風貌《ふうぼう》のわりに、どんな人間からも絶対的な信頼を寄せられるなにかがある人間といえた。

つまり、ネイサンやウィリアムとは対極にあるような存在でありながら、芯《しん》の部分に共通点を持つ。

そんな彼を相棒に据《す》えるあたり、さすがハーヴィーといえるだろう。

そして、なぜか、ネイサンのみならず、公爵であるウィリアムまでもが、彼の前に出ると、借りてきた猫のように大人しくなってしまう傾向にあった。

バーソロミューが用意した紅茶を勧めたあとで、ネイサンが「それで」と尋ねる。

「今日はどういったご用件でいらしたんでしょう。先ほどのお話だと、リアムが一緒なのは、我々にとっても幸運だということでしたが」

それに対し静かに紅茶に口をつけていたウェイトが、「実は」と話し出す。

「端的に申しまして、『ハーヴィー&ウェイト商会』宛ての荷物の中に、ある告発文が紛れ込んでいたんです」

「告発文?」

「ええ。紛れ込んでいた――というより、隠されていたと言ったほうが正しいのでしょうが、なんであれ、それが見つかったのは、先日インドから届いた荷物の中でして」

ウェイトらしい無駄を一切省いた説明に対し、ネイサンが確認する。

「隠されていたということは、誰かが、他の人間に見つからないように意図的に隠したということですね?」

「おそらく」

うなずいたウェイトが、説明する。

「こちらに来るまでに少々時間が空《あ》いたのは、それが、植物の植えられた鉢《はち》の土の中に押し込まれていた上にドニー宛てだったものですから、開封するには、彼の了承を得る必要があったんです」

「なるほど」

すぐに開封したくても、当のハーヴィーは、現在イギリスを離れてしまっている。店宛てのものならともかく、ハーヴィー個人に宛てられた手紙であれば、ひとまず人をやって彼のもとに届けたに違いない。

その返事を待つのに、時間が要《い》ったのだ。

「本来なら」と、ウェイトが言う。

「この件は、ドニーのほうからお二人に告げられて然《しか》るべきことなのですが、ご承知の通り、今は無理であるため、彼の意向を受け、私のほうからお知らせすることになりました」

「なるほど。事情はわかりました」

うなずいたネイサンが、「それで」と話をうながす。

「それは、なにに対する告発文だったんですか？」

それに対し、眼鏡の奥の瞳をゆっくりとウィリアムに向けたウェイトが、静かな声で告げた。

「ロンダール公爵家に対する陰謀《いんぼう》の告発です」

「――なんだって⁉」

それまでずっと第三者的立場で話を聞いていたウィリアムが仰天《ぎょうてん》し、前のめりになって訊き返す。

「陰謀って、いったい、僕に対して、どんな陰謀が巡らされていたというんだ？」

「それは、実際に告発文を読んで頂《いただ》くのがよろしいかと……」

ウェイトはかたわらに置いてある革《かわ》の鞄《かばん》の口を開きながら伝えた。

「まず、告発文を寄越したのは、長らくカルカッタに駐在していて、先日訃報《ふほう》が届いたばかりのアーマード・ブレイブス氏です」

「アーマードが⁉」

ネイサンとウィリアムが、とっさに顔を見合わせる。

共通の友人であるアーマードの死に不審《ふしん》な点があったということは、少し前に、同じ時期にインドにいたフィリスの口から聞いていた。

彼女によれば、アーマードは、なにか重要な事実を知ったために殺された可能性があるということだったが、その彼が、ハーヴィー宛てに告発文を書いて送っていたとなると、俄然、その噂が真実味を帯びてくる。

「こちらが、問題の告発文です」

ウェイトが渡したのは、ところどころ茶色く変色した封書だった。

おそらく布で包んだかなにかした上で土の中に突っ込んであったのだろうが、一度湿り気を帯びたものが乾いた様子がありありと伝わる汚《よご》れ具合であった。

受けとったネイサンが、そのまま、ウィリアムに手渡す。

それを見ながら、ウェイトがホッとした様子で言った。

「こうして、目の前で公爵の手に渡るのを見て安心しました。というのも、先にその告発文を読んだドニーの話によると、ブレイブス氏は、自分が知ってしまった秘密は重大で、且つ、知ってしまった以上命の保証もないため、念には念を入れ、同じ告発文を二通用意し、別々の場所に送るとあったそうですから」

「二通？」

繰り返したネイサンが、確認する。

「その一つが、ドニー宛てのこの手紙ですね？」

「はい」

「それなら、もう一通は？」

すると、手紙を読み始めていたウィリアムが、代わりに答えた。

「『ネイサン・ブルー宛ての手紙を、信頼に足る人物に持たせて送り出した』とある」

「僕宛ての手紙――？」

つぶやいたネイサンだが、そんな手紙を受け取った覚えはない。ただ、その時ふいに、プリマスの港で命を落とした男の顔が頭を過った。

あの乱闘《らんとう》に出くわす前、誰かに呼ばれたような気がしたのだが、やはり、あれは気のせいなどではなかったのだろう。波止場《はとば》で殺された男は、おそらくアーマードから預かったネイサン宛ての告発文を所持していたに違いない。

そして、ネイサンの姿を見かけ、これ幸いと呼びかけたところで、敵の手に落ち、殺されてしまったのだ。

なんとも気の毒なことである。

ただ、幸い、そのことで安心した敵方は、ハーヴィーのところに送られた告発文にまでは思い至らなかった。つまりは、アーマードの用心深さが、この勝利をもたらしたといえよう。

熱心に手紙を読んでいたウィリアムが、つぶやく。

「なるほど、そういうことだったか」

その声に宿る憤り《いきどお》――。

それを聞いたウェイトが、肩の荷がおりた様子で申し出た。

「おそらく、それを読んで頂いたからには、この先、私にできることはないと思いますので、これにて失礼します」

あっさり腰をあげたウェイトに対し、告発文に夢中になっているウィリアムをそのままにして、ネイサン一人が立ちあがって言った。

「ミスター・ウェイト、お忙しいところを、わざわざありがとうございます」

「とんでもない。お役に立てて光栄ですよ」

玄関まで一緒に歩きながら、ネイサンが訊く。

「それはそれとして、この前、手紙が来ましたが、ドニーは向こうでも元気にやっているようですね」

「はいまあ」

肩をすくめて苦笑したウェイトが、続ける。

「彼は、どこにいても彼ですから」

4

玄関でウェイトを見送ったネイサンが応接室に戻ると、ウィリアムは告発文をすっかり読み終えたようで、それをサイドテーブルの上に置いた状態で、なにやら好戦的な表情で考え込んでいた。

ふだんは陽気で人当たりのいいウィリアムだが、伊達《だて》にイギリスきっての大貴族をやってはおらず、そのプライドの高さは計り知れない。

当然、怒らせれば、それ相応の報復は覚悟すべきだ。

ネイサンが先ほどと同じ位置に座り、冷めた紅茶に手を伸ばしたところで、彼は言った。

「やはり、僕は騙されていた」

「誰に？」

「ビーチェ商会」

「――なるほど」

どうやら、話はそこに戻るらしい。

そこで、バーソロミューを呼んで新しい紅茶を運ばせたネイサンは、準備が整ったところで、改めて言った。

「では、聞こうか」

それに応じ、ウィリアムが湯気の立つ紅茶のカップに手を伸ばしつつ説明する。

「既に言ったように、今をさかのぼること十年前、新種の『高貴なるエレメティア』は、僕のところとビーチェ商会に送られるはずだったが、それは叶《かな》わなかった」

「一つが、航海中に枯れたからだね」

先ほど聞いたばかりの話を、ネイサンが確認のために告げると、「そうなんだが」とウィリアムは言う。

「そこが、そもそも間違っていて、この告発文によれば、『高貴なるエレメティア』は、どちらも枯れることなく、ロンドンに着いたそうなんだ」

「どちらも？」

「そう」

深くうなずいたウィリアムが続ける。

「つまり、そこからして詐欺《さぎ》であり、ビーチェ商会は、僕が金を積んで残りの一つを譲《ゆず》って欲《ほ》しいと頼むと見越した上で、僕宛ての花が枯れたと偽《いつわ》り、案の定、相談を持ちかけた僕から金を騙し取った。――あの頃、僕は若くして家督《かとく》を継いだばかりで、少々いきり立っているところがあったから、新種の花が一つしか届かないとわかれば、公爵家の名にかけて、なんとしてもそれを手に入れようとするだろうと見透かされていたようだ」

「なるほどね」

それは、ネイサンもなんとなくわかった。まさに「若気の至り」というものだ。ただ、問題は、そんな危ない橋を渡る必要が、彼らのほうにあったのかという点だ。

その疑問を口にしたネイサンに対し、ウィリアムが唇を噛みつつ答える。

「実は、あったんだよ。――というのも、当時、ビーチェ商会は、先ほども話に出たチャの木のことで大きな損失を抱《かか》えていて、僕は、それを計算に入れた上で、彼らに『高貴なるエレメティア』を買い取る話をしたわけだから」

「へえ」

そのあたりの事情を知らなかったネイサンが、納得する。

「だとしたら、話の辻褄《つじつま》は合うし、四つ辻で起きた辻馬車の横転事故の話とも繋がる」

「その通り」

指を鳴らしたウィリアムが、「十年前」と続ける。

「事故を起こした辻馬車は、おそらく、ビーチェ商会が『枯れた』と偽って隠匿《いんとく》したもう一つの『高貴なるエレメティア』を密《ひそ》かに運んでいる最中だったのだろう。——なにせ、絶対に見つかってはならないわけで、事故で死んだ男の身元もわからなくする必要があったんだ」

「となるとだ」

ネイサンが言う。

「あの場所に咲いたシダの花というのは、まさに、その時の事故で投げ出された『高貴なるエレメティア』である可能性が高く、君が騙されていた証拠になるわけか……」

「ああ、そういうことだ」

うなずいたウィリアムが、「ということで、善は急げだ」と言って勢いよく立ちあがる。

「ネイト、今から、その証拠となる花を探しに行くぞ」

「——え、今から?」

言いながら窓の外を見たネイサンが、「でも」と反論する。

「今からだと、さすがに向こうに着く頃には完全に陽が暮れてしまうし、どうしてもすぐにというなら、君はここに残ってくれないか。僕一人で行ってくる」

「なんで?」

立ちあがった状態でいぶかしげに見おろしてくるウィリアムに対し、ネイサンがなんとも曖《あい》昧《まい》な理由を述べた。

「いや、ほら、夜の外出は危険だし、まして、あんな淋《さみ》しいところでは、なにが起こるかわからないわけだから」

それは、ハッタリに近い言い訳だ。

本音を言えば、ウィリアムを連れて行きたくない。

なぜなら、あの花を取ってくるということは、即《すなわ》ち、レベックの言うところの悪魔と対峙《たいじ》する可能性も出てくるわけで、本当になにが起こるかわからない。

そんな場所に、あえて「公爵」を連れて行く気になれなかったのだが、当然、ウィリアムのほうは「は?」と呆れ気味に言い返した。

「なにを今さら……。ネイト、熱でもあるのか?」

「いや、ない」

「なら、どうした。『比類なき公爵家のプラントハンター』たる君の言葉とも思えない。僕たちのこの手の冒険には、いつだって危険は付き物だろう。だいたい、『夜の外出は危険』って、いったい僕を何歳だと思っているんだ?」

「……幾《いく》つかは忘れたが、無理のきかない、いい歳をしたおっさんだってことは、知っている」

「バカ、同い年だろう!」

突っ込んだところで、腰の重いネイサンを引っぱって立たせたウィリアムが、鞭打《むちう》つように追い立てる。

「つべこべ言っていないで、とっとと歩け。時はでっかい金塊《きんかい》なんだぞ」

「──はいはい」

観念したネイサンは、ちょうど新しいお茶を持って入ってこようとしていたバーソロミューに歩きながら声をかける。

「ああ、悪いが、バーソロミュー。ちょっと出かけてくる」

「これから……ですか?」

「うん。早急の用ができたんだ」

「かしこまりました、ご主人様」

「それで、帰りはいつになるかわからないから、先に寝ていていい。──ああ、食堂になにか腹の足しになりそうなものを出しておいてくれると、ありがたいかな」

「承知いたしました。──では、お気をつけていってらっしゃいませ、ご主人様。公爵様《アワー・ロード》」

慇懃な挨拶で送り出され、公爵家の四頭立て馬車に乗り込んだ二人は、一路、幻の花を求めて出立《しゅったつ》した。

5

同じ日の夜。

ようやく日の暮れて暗くなった道を、レベックは、一人歩いていた。

空には、中途半端な大きさの月がのぼっている。

おかげで、夜目にも足元くらいは見わけがついたが、それでも、当然、あたりは真っ暗だ。

雑木林のどこかで、時おり、夜鳴き鳥が静かな声をあげている。

それにしても、こんな夜更《よふ》けの、しかも人気《ひとけ》のない道を、レベックはなぜ歩いているのか。

勇猛果敢《ゆうもうかかん》な男だって、こんな道を一人歩きするのは躊躇《ちゅうちょ》するだろうに、レベックはさほど恐れる様子もなくてくてくと進む。

実際、彼は、夜を恐れてなどいない。

見あげれば、満天の星空。

木々を渡るそよ風。

レベックにとって、このように大自然の懐に抱かれて過ごすことは、人工の明かりのもとで開かれるパーティーなどに参加するより、何倍も居心地の良さを感じられるのだ。

彼は自然を愛していたし、自然のほうでも彼を愛してくれている。

だから、本来なら、この道行きをのんびり楽しんでいていいはずなのだが、今宵《こよい》は、その金茶色の瞳に、ふだんは見られない好戦的な色合いがみなぎっていた。

それはどこか、戦いを前にした中世の騎士を思わせる。

それでなくても、燃えるような赤い髪やスラリとした四肢《しし》など、存在のすべてが幻想的な雰囲気を持つレベックであるがゆえに、彼を中心に、空間が揺らいで現実味を失っていくかのようであった。

そんな彼が片手に抱えているのは、ウォーディアン・ケースと呼ばれる丸みを帯びたフォルムを持つガラスの器で、中には土とそこから生《は》える緑の葉っぱが揺れている。

しかも、どういうわけか、葉っぱのあちこちが月明かりを受けてキラキラ、キラキラ、黄金色に輝いていた。その様は、まるで葉っぱ全体に金粉をまき散らしたかのようである。

だが、いったい、なにがそんなに光っているのか。

そのウォーディアン・ケースは、少し前に、ネイサンの友人であるケネスが「レベックに」と持ってきてくれたもので、中に入っている土と緑は、レベックがこれから向かおうとしている四つ辻のあたりで採取されたものであるということだった。

もともとは、さなぎを越冬させるために土だけを入れたようなのだが、そこから勝手にシダが生え、ここまですくすく育ったのだ。

そのシダの葉が輝き、レベックが歩く際の揺れに合わせ、時おりぱらぱらと金粉のようなものが舞い散った。

なんとも幻想的な眺めである。

やがて、四つ辻に辿り着いたレベックは、ネイサンが新種の花らしきものを見つけたシダの茂みに分け入った。

背後に馬車の近づいてくる音が聞こえたが、どうせ行き過ぎるだけだろうと気にも留めずに進む。

やがて辿り着いた奥には、この前来た時はまだ咲いていなかった花が、月明かりを受けて赤々と咲き誇る姿があった。

大ぶりの美しい花だ。

どこかハイビスカスを思わせる。

愛《いと》おしげに見おろしたレベックは、小さく微笑《ほほえ》みながら花に向かって話しかける。

「やあ、君。——約束通り、助けに来たよ」

それから、抱えていたウォーディアン・ケースを地面におろして蓋《ふた》を開くと、金色に光るシダの葉をそっと取り出し、片手で振った。

とたん、あたりにはシダの葉から飛び散った金粉のようなものがひらひらと舞い散る。

ひらひら。

ひらひら。

まき散らしながら、口中で唱《とな》えた。

「黄金に輝くシダの胞子《タネ》よ。

どうぞ、僕の姿を悪魔の目から隠したまえ——」

そうして二度。

三度。
彼は、その言葉を繰り返しながら、シダの葉を振った。
そのたびに、シダの葉からは黄金の胞子《ほうし》が放たれる。
ひらひら。
ひらひら。
放たれたそれらは、空気の抵抗を受けながらゆっくりと地面に落ちていく。
まるで、黄金の雪が降るかのように——。
そして、地面が黄金色に変わり始めた頃、レベックは、背後に気配を感じて振り返る。
暗がりに立つなにかの影。
それがゆらゆらと揺らめきながら、レベックや花のそばを動きまわる。
同時に響く声。

……どこだ？
……どこにある？
……私の花は？

レベックが息をひそめて様子を窺《うかが》うそばで、その黒い影が揺らめきながらさらに言った。

……気配を感じる。

……近くに、何者かが隠れ潜《ひそ》んでおるな。

……だとしたら、あの男に代わり、この花の番人にしてやろう。

……だが、なぜ、姿が見えない？

……そいつは、どこに隠れている？

……それに、私の花はどこに消えた？


闇《やみ》の奥底から響いてくるかのようなおどろおどろしい声があちこちをさまよい、やがて遠ざかっていくのを聞きながら、レベックは慎重に持参した灯油を花にかけ、同じく持参したマッチを取り出して、シュッと擦《す》った。

燃え上がる炎。

そうして、彼が火を花に近づけようとした、その時だ。

「――おい、よく探せ」

背後で、そんな声がした。

先ほど聞こえた悪魔の声とは違う、明らかに現実に生きる人間が発した生々《なまなま》しい声である。

「見つけたら、わかっているだろうな」

「ああ。とにかく、証拠を消す必要がある。――なんとしてもだ」

「だけど、本当に、十年前に失われたという花がここに咲いているのか？」

「よく知らないが、旦那の話では、ある事件の真相が発覚し、それとともにその可能性が出てきたということらしい」

ハッとしたレベックは、とっさにマッチの火を吹き消して様子を窺った。

自分がやるべきことに気を取られていて、気づくのがすっかり遅れたが、先ほどの馬車が近くに止まり、どうやらそこから人が降りてきたらしい。

そして、なにかを探している。

直感ではあったが、レベックは、謎《なぞ》の男たちが、この花を探しているような気がしてならなかった。

どうするべきか。

悩んでいると、ふいに男たちの声が悲鳴に変わる。

「ぎゃああ！」

「なんだ？」

「なにか、いる！」

「なにかって、なんだ？」

「わからないが、なにか得体が知れない……、ギャアアア!!」

姿こそ見えないが、その気配からして、男たちがなにかに怯《おび》えてパニックになっている様子が伝わった。

同時に、聞こえる声。

……はおお、こやつらか。

……こやつらが、我のものを奪いに来たか。


どうやら、謎の男たちは、この花を支配している悪魔の餌食《えじき》になったようである。

これは、チャンスだ。

男たちが、なぜここにいたのか。

彼らの目的がなんであるのか。

レベックには皆目《かいもく》見当がつかなかったが、自分の目的を果たすには、この千載一遇のチャンスを逃《のが》すわけにはいかない。

そこで、ふたたびマッチを擦るレベックの背後では、相変わらず慌てふためく男たちの気配と、新たに馬車がやってくる音がしていた。

田舎《いなか》の夜道が、やけに騒々しいことになっている。

そのことに焦《あせ》りながら花に火を近づけると、灯油をかぶった花はすぐさま燃え上がり、炎に包まれた。

空間を切り裂く、断末魔の叫び。

すると、一度遠ざかった例の声が戻ってきて、狂おしげな声をあげた。


……おおおおおおおお。

……燃えている。

……私の花が、燃えている！

……なんということだ！

……私の花――！

……だが、いったいなぜ!?


罵《ののし》りの言葉を聞きながら、こっそり立ち去ろうとしていたレベックは、その場に新たに響いた声に驚き、瞬時に凍り付く。

なぜなら、それは――。

「おい、ネイト！　あれを見ろ！」

彼がとてもよく知っている呼び名と声だったからだ。

6

それより、一瞬前。

四頭立て馬車を駆り、ネイサンとともに再度四つ辻へとやってきたウィリアムは、馬車を降りたところで叫んだ。

「おい、ネイト！　あれを見ろ！」

注意を促《うなが》されるが、すでにあたりに気を配っていたネイサンは、臨戦態勢を取りながら言い返した。

「わかっている。——いいから、リアムは馬車に戻っていろ」

そんな彼らの目の前には、茂みの中から転がり出てくる三人の男たちの姿があった。

月明かりだけではははっきりと断言はできなかったが、ネイサンは、その三人に見覚えがある気がした。そして、すぐに頭を過ったのは、イギリスに戻ってきた日に波止場で出くわした騒動だ。

三人という人数のせいかもしれない。

でなければ、本能に刻み込まれたなにかが、ネイサンにあの時の出来事と現在の状況を結び付けさせたのだろう。

「——あいつらか」

確信したネイサンは、考える。

彼らは、おそらく「ビーチェ商会」の関係者で、今回も証拠隠滅《いんめつ》を図りにきたのではなかろうか。

ただし、今回始末する相手は、人間でなく植物だ。

だとしたら——。

「そうはさせるか」

つぶやいたネイサンは、こちらに向かってくる男たちをしっかりと迎え撃つつもりでいたのだが、途中で、彼らの様子がおかしいことに気づく。

邪魔者であるネイサンたちに挑みかかるというよりは、恐怖に駆られて逃げ惑《まど》っているように見えたからだ。

事実、彼らは、ネイサンとウィリアムには見向きもせず、悲鳴をあげながら止めてあった自分たちの馬車のほうへと走り去る。

ネイサンの背後で同じように臨戦態勢をとっていたらしいウィリアムが「——え?」と気の抜けた声をあげ、いぶかしげにつぶやくのが聞こえた。

「なんだ、あいつら……?」

たしかに、「なんだ、あいつら……?」であったが、ネイサンは、その時、大気の中にかすかに焦《こ》げ臭《くさ》さを嗅《か》ぎ取《と》って、ハッとした。

夜目にも鮮やかなペパーミントグリーンの瞳がシダの茂みのほうに向けられ、次の瞬間、「しまった!」と叫び、弾《はじ》けるように走り出していた。

「――一歩、遅かったか」

「え、おい。ネイト⁉」

無頼漢たちを追うかと思いきや、逆の方向に走り出したネイサンを見て慌てたらしいウィリアムが、しばらくして、同じことに気づき、あとを追う。

「そうか、あいつら――」

そこで、立て続けにシダの茂みに飛び込んだネイサンとウィリアムは、その奥で赤々と燃えあがる花と、その前に立ち尽くす意外な人物の姿を見て、唖然《あぜん》とした。

それは、決してあってはならない光景だ。

証拠品となるべき花が燃えているのはもとより、そうなるに至る原因を作ったと思《おぼ》しき人物が、目の前にいる。

その紛《まご》うかたなき事実が、彼らから思考力を奪った。

足を止め、言葉を失って目を見開くネイサンの背後で、ウィリアムがうめくような声をあげた。

「――貴様」

一方、彼らと同じように驚いた様子でこちらを見返すレベックの足元には、例のケネスからもらったウォーディアン・ケースが転がっていて、それもネイサンの思考を引っ搔《か》きまわした。

いったい、ここでなにが起きているのか。

レベックは、なぜ、ここにいたのか。

考えようとした、次の瞬間。

ネイサンはゾッとするような気配を近くに感じ、且つ目の端で闇が動くのを見た。

だが、それがなにかを確認する前に、レベックがこちらに向かって走り寄りながら叫ぶのが聞こえた。

「逃げてください、ネイサン、ウィリアム様!」

言いながら、腕を大きく振って手にしていたなにかの葉を揺り動かした。それとともに、金粉のようなものがあたりに舞い散り、ネイサンとウィリアムの上にも降りかかる。

「――レベック、いったい」

問いかけようとするネイサンの腕をつかみ、レベックが必死な形相《ぎょうそう》でうながす。

「いいから、早く、ネイサン、ウィリアム様。――ここは、危険です! 急いで逃げないと! お願いですから、早く! 早くしてください!!」

7

人間、あまりに必死な様子で迫《せま》られると、ひとまずすべてをなげうって、その指示に従ってしまうようである。

おそらく、生存本能のなせる技だろう。

ネイサンとウィリアムも例外ではなく、様々な疑問と疑惑が渦巻《うずま》いていたが、とっさにレベックの言葉に従い、シダの茂みを飛び出して、四頭立て馬車を走らせた。

そうして、ほうほうの体《てい》でハマースミスへと戻ってくるまでは、誰も一言も口をきかずにいたのだが、ブルー邸の居間に落ち着き、これでようやく危険が去ったとわかったところで、ウィリアムが真っ先に怒りを爆発させた。

「――いったい、どういうことだ⁉」

それに対し、馬車の中で十分に考える時間があり、すっかり冷静さを取り戻していたネイサンがなだめる。その横では、レベックが恐縮した様子で縮《ちぢ》こまっている。

「まあ、落ち着けって、リアム」

だが、同じ時間にひたすら怒りを募《つの》らせていたらしいウィリアムは、応じなかった。

「バカ、これが落ち着いていられるか！　わかっていると思うが、証拠となる大切な花が、こいつのせいで燃やされてしまったんだぞ⁉」

「もちろん、わかっているよ」

言い返しながら、それぞれの前に湯気の立つカップを置いたネイサンが、レベックを庇《かば》うように続けた。

「でも、まずは、レベックの話を聞こう」

「いいや、必要ないね。事は明白だ！」

「明白？」

「そうだ。こいつは、僕たちを裏切ったんだよ‼」

レベックを指さして怒鳴ったウィリアムに対し、チラッとレベックに視線をやったネイサンが言い返す。

「だから、そんな風に短絡的になる前に、落ち着いて考えてみてくれないか」

「短絡的だって？」

「そうだろう。——いいか。詐欺云々の話はさっき僕たちも知ったばかりで、当然、レベックは、あれが詐欺の証拠となる花だとは知らなかったとみていい。だとしたら、彼の行動には、詐欺とは無関係な彼なりの理由があるはずだろう？」

「は」

不満げに鼻を鳴らしたウィリアムが、「そんなの」と蔑《さげす》むように言った。

「あらかじめ、『ビーチェ商会』の奴《ヤツ》らに言い含められていたに決まっている。それで、花を燃やす気になった」

「なんのために?」

「当然、金のためだ」

断言したウィリアムに対し、ネイサンが承服しかねるように首を横に振る。というのも、これまでの経験を通じ、ネイサンには、レベックという人間が金儲けに無頓着《むとんちゃく》であることがよくわかっていたからだ。

だが、そんなネイサンの反応で逆に怒りが増したのか、ウィリアムが依怙地《いこじ》になって言い張った。

「なんであれ、こいつのせいで、十年前の詐欺を証明する証拠品がなくなったんだ! 正直、顔も見たくない! 今すぐ、ここから追い出せ!」

そこで、慌てて席を立とうとしたレベックを片手で止めたネイサンが、ペパーミントグリーンの瞳を冷たく光らせてウィリアムに言い返した。

「そっちこそ、落ち着いて話を聞く気がないなら、ひとまず帰ってくれないか、リアム。——僕は、とにかく、レベックの話が聞きたい」

とたん、ウィリアムが信じられないことを聞いたようにネイサンの顔を見つめた。

「——今、なんて言った?」

「聞こえなかったか。――冷静になれないなら、帰ってくれと言ったんだよ」

「それはつまり、君は、そいつではなく、この僕を追い出すというのか？」

言ったあとで、ウィリアムは付け足した。

「『公爵』である、この僕を？」

その言葉に対し、スッと目を細めたネイサンが、突き放すような口調で告げた。

「追い出すなんて、滅相もない。お偉い『公爵様』には、自主的に帰っていただけないかと、懇切《こんせつ》丁寧にお頼み申し上げているんだよ」

そこに込められた痛烈な嫌みをきちんと嫌みとして受け止めたウィリアムが、カッと頬を染めて険呑《けんのん》に言う。

「そんなことを言って、わかっているんだろうな？」

「なにを？」

「今、僕を追い出すなら、金輪際《こんりんざい》、君との交遊はないものとするぞ」

張りつめた空気の中で、ネイサンが訊き返す。

「――つまり、絶交すると？」

「そうだ」

それに対し、当事者たちよりレベックがおろおろし始め、ついには我慢しきれなくなった様子で申し出る。

「……あの、ネイサン。僕、出て行きますから」

だが、首を横に振ったネイサンは、乾いた声で応じた。

「言ったように、君が出て行く必要はないよ、レベック。この家では、身分より正当性が尊重される。——ということで、ロンダール公爵殿には、頭を冷やすためにも、速やかにこの場から立ち去っていただきたい」

8

「さて」

二人きりになった食堂で、ネイサンが静かに口を開いた。

「これで、ゆっくり君の話を聞ける。——当然、今夜のことを話してくれるんだろうね、レベック？」

「もちろんですけど」

申し訳なさそうに顔をあげたレベックが、「でも」と続けた。

「ウィリアム様のこと、本当にいいんですか？」

「リアム？」

そこで、少し考えてから、ネイサンは笑って応じる。

「ああ、構わないさ。僕は彼の友人であって家来ではない。その自負はこれまでもこの先も変わらないし、それを向こうが崩して駄々を押し通すつもりなら、彼との関係はそれまでだったと思うしかない」

それでも、心配そうな顔をしているレベックを慰《なぐさ》めるように付け足した。

「大丈夫。『比類なき公爵家のプラントハンター』の看板をおろしたとしても、なんとか食い扶持《ぶち》くらいは稼《かせ》げる」

「それはわかっていますし、それで言ったら、僕も必死で働きます」

「ありがとう」

応じたネイサンが、「でも、今はそれより」とうながした。

「君の話を聞かせてくれ。——あの花を燃やしたのは、それがあの花にとって必要なことだったからだろう?」

「はい」

うなずいたレベックが、話し出す。

「とっかかりは、ケネス様に頂いたウォーディアン・ケースでした。——より正確には、その中に生えていたシダが、僕に知り合いの花を助けて欲しいと言ったんです」

「……知り合いの花ねえ」

レベックには植物の気持ちがわかり、彼らからメッセージのようなものを受け取ることができる。ただ、それはかなり一方的なものであるようで、なかなか理解するのは困難であるらしい。

レベックが続ける。

「シダの言い分によれば、悪魔の支配下にある知り合いを解放してやって欲しいとのことで、そのために、シダがつける黄金の胞子が役に立つということでした。ただ、その時点では、それがどこに咲いている花であるかなど、具体的なことはいっさいわからず、とても戸惑いました」

「なるほどねえ」

だから、ケネスの話に興味を覚え、その場所に行ってみたいと言ったのだ。

そして、辿り着いた先で悪魔の支配下にある花を見出《みいだ》し、然《しか》るべき時を待った。

それが、夏至の前夜であったのだろう。

実際、悪魔かどうかはわからないが、あの場には、なにか異質なものが存在したのは間違いなく、一瞬ではあったが、ネイサンもそれを肌で感じた。

しかも、それは、こうして思い出しただけで肌がそそけ立ってくるような禍々《まがまが》しさを放っていた。

ネイサンが、「だけど」と尋ねる。

「それなら、君はどうやって、その悪魔を出し抜いて花を燃やすことができたんだ?」

「それは、黄金に輝くシダのタネ——つまりは胞子が、悪魔から身を隠すのに役立つと、シダ自身に教えられたからです。それで、ウォーディアン・ケースの中に生えていたシダの胞子を使って、悪魔の目を欺《あざむ》くことに成功しました」

説明した直後、「あ」とレベックが声をあげたので、ネイサンが訊き返す。

「——どうした？」

「ああ、いえ」

一瞬ためらったあと、レベックが恥ずかしそうに答えた。

「そう言えば、どさくさに紛れて、せっかくケネス様からいただいたウォーディアン・ケースを、あの場所に置いてきてしまったなと思って……」

「なんだ。それなら、うちの馬車を使っていいから、明日の朝一番に取りに行くといい」

「ありがとうございます」

礼を述べたレベックが、「ただ、僕は」と今回の話の続きに戻って言う。

「まさか、そのことで、お二人にこんな風に大変な迷惑がかかるとは、これっぽっちも思っていなくて——」

恐縮するレベックだが、彼にとって、花を助けてやることは純粋《じゅんすい》な親切心であり、そこになんの計算も働いていない。

隣人が困っていたら、利害に関係なく手を貸す。

そんな思いやりが、すべてだ。

それだけに、もし先に事情を知っていたら、ネイサンたちの思惑《おもわく》と花たちの願いの板挟《ばさ》みとなって、ひどく苦しんだはずである。

だが、ネイサンが思うに、それは無用な苦しみだ。

そこで、ネイサンは諭《さと》すように告げる。

「言っておくけど、そのことで、君が自分を責める必要はまったくないよ。――いや、本当に」

なにか言い返そうとするレベックを遮《さえぎ》り、ネイサンは力説した。

「御大層《ごたいそう》なことを言ったところで、所詮《しょせん》、僕たちだって、ある意味、自分たちの利害に関係したことで必死になっていたに過ぎず、一連の出来事の中で、君だけが、自分の利益以外の理由で動いていたんだ。それは、とても立派な行為であって誇るべきことだし、そのことでどんな迷惑を被《こうむ》ろうと、君を責める権利はリアムにだってないと、僕は思っている」

「だけど、そのせいで、ウィリアム様は詐欺の証拠を失ってしまわれたわけで、すごくお困りのようでした」

「そんなの、本《もと》を正せば、安易に騙されたリアムが愚《おろ》かなのであって、勝手に困らせておけばいい」

「いや、でも」

自分に対して「出て行け」と告げた相手を心底心配しているレベックに、ネイサンが安心させるように教える。

「それに、実物は失われても、前に僕がとったスケッチや葉のサンプルが残っているから、それをチジックに届けさせて、詐欺の立証はなんとかしてもらうさ。――もちろん、もし頼まれれば、僕も証言するし」

「本当ですか？」

「ああ」

頼もしくうなずいたネイサンが、「だから」と元気づける。

「君は気にせず、いつも通りにしていればいい」

「……はあ」

それでもまだ迷いがありそうなレベックに対し、優雅な仕草でテーブルの上に頬杖をついたネイサンは、気分を変えるように「それはそうと」と話題を切り替え、テーブルの上のシダを顎《あご》で示した。

「さっきからずっと気になっていたんだけど、そのシダ、あまり見たことがないように思うんだ」

「ああ、そうかもしれませんね」

認めたレベックが、問題のシダを持ち上げながら「彼のほうでも」と付け足した。

「このあたりは慣れない場所らしく、ずっと戸惑いがあるようなので……」

その答えを聞き、頬杖をついたまま、ネイサンが問う。

「つまり、新種ってことかな?」

「かもしれません」

その新たな可能性に対し、ネイサンが植物学者の顔になって推測した。

「だとすると、このシダは、例の赤い花——、正式な名前は『高貴なるエレメティア』と言うそうだけど、それに胞子がくっついていて、一緒にはるばるインドから運ばれてきたのかもしれない」

「そうですね。彼らの付き合いは長かったようなので、なんとなくその説には納得がいきます」

言いながらレベックが愛しげにシダを小さく振ると、灯火《ともしび》の下でもキラキラと輝いたシダが、それに応えるように黄金の胞子を嬉しそうにまき散らした。

その様子を見ながら、「もっとも」とネイサンが小声で付け足す。

「あの場には、他に黄金の胞子をつけたものはなかったことからして、胞子が黄金になるには、なにか別の要素が必要なんだろうけど」

そして、それが、「レベック」という稀有《けう》な人間の発するなにかである可能性は、決して否定できない。

口にはしなかったが、ネイサンは心の中でその可能性について、今後ゆっくり考えてみることにした。

終　章

数日後。

庭に面したテラスでお茶をしていたネイサンに対し、そばで給仕をしているバーソロミューが、ポツリともらした。

「──そういえば、このところ、公爵様のお姿をお見かけしておりませんね」

「……ああ」

紅茶のカップに口をつけたネイサンが、庭のほうに視線をやったまま応じる。

「まあ、彼はいちおう公爵だからね。社交シーズン中はなにかと忙しいんだろう」

嘘である。

どんなに忙しくても、ネイサンがロンドンにいる間は、三日にあげず顔を見せるのがウィリアムだ。

それが、あの夏至《げし》の前夜以来、姿を見せていない。

もちろん、彼なりに絶交宣言を貫いているのだろう。

それを、こんな風に誤魔化したところで、使用人同士、堅固な情報網《もう》を張り巡《めぐ》らしているバーソロミューには、とっくにお見通しであるはずだ。

おそらく、珍しく、こうしてバーソロミューのほうから水を向けてきたのだって、主人の様子に探りを入れたかったからに違いない。

それればかりか、もしこれで、ネイサンの態度に仲直りをしたいという意向が垣間見《かいまみ》えれば、そのことをそれとなく向こうの使用人に告げ、二人の関係の修復に彼らが力を貸そうというつもりだろう。

つまり、ブルー邸《てい》はもとより、チジックの城のほうでも、両者の関係は良好であって欲しいし、そうあるべきだと強く案じているということだ。

ただし、どれほど彼らが望もうと、それぞれの主人たちにその気がなければ、どうすることもできない。

そのための、様子伺《うかが》いだ。

そして、今のネイサンの返答は、まだその時期でないことを明確に示していた。

ややあって、ネイサンが訊《き》き返《かえ》す。

「もしかして、淋《さみ》しいかい？」

「――そうですね」

一瞬答えに悩んだらしいバーソロミューが、慇懃《いんぎん》に応じる。

「まあ、静かでよろしいのではないかと」

それに対し、小さく笑ったネイサンは、遠くにレベックの姿を見出《みいだ》して告げる。

「静かといえば、なんだかんだ、今年は夏至の火祭りもできなかったし、明日あたり、久々に、この家の者全員でピクニックにでも繰り出そうか。——もちろん、その際は、お祭り気分の無礼講で」

「それは、みな、喜びます」

「それなら、今から準備しよう。僕も手伝うから」

そこで、お茶を飲み干し、空《から》になったカップを置いたネイサンは、景気づけのために勢いよく立ちあがると、バーソロミューをともなって、ピクニック用のワインを選びに地下倉庫へと降りていく。

人の消えた庭には花が咲き乱れ、雲一つない空には、天高くトンビがのどかな声を響かせていた。

女王陛下の猫

プロローグ

コン、コン。

ポン。ポン、ポン。

タン。

あちこちでなにかがはじける音がしている。

ポン、タタン、ポン。

乾いた土地の空虚な空間で、その小さな音は不規則に、だが間断なく続いて、そこに入ってくる生き物たちをなんとも不安な心地にさせていた。

コン。

ポン、ポン。

タン。

それは、霧の都ロンドンから遠く離れた、陽射しの強い砂漠での出来事だった。

1

十九世紀中葉の大英帝国。

前日からの大雨が過ぎ、心地よい風が吹く初夏の気候となったその日、夫君アルバート公が所用で出かけてしまっていることをつまらなく思っていたヴィクトリア女王は、信頼のおける家臣に声をかけ、お忍びで遊行に出られた。

その際、それを事前に知った女官たちは、このところ夫婦間のすれ違いが多くてふさぎ込みがちであった女王のために、あるプレゼントを用意した。

そのプレゼントというのが――。

「本当に」

女王が、いつにもまして弾《はず》んだ声で、馬車に同乗する美貌《びぼう》の殿方に話しかける。

「ブルー殿のお話は、なにを聞いても楽しいこと」

「恐れ入ります」

女王の前といえども、決してへりくだり過ぎず、かといって横柄《おうへい》にもならない自信に満ちた態度で、ネイサン・ブルーは応じた。つまり、プレゼントというのは、彼――今を時めく「比類なき公爵家のプラントハンター」であるネイサン・ブルーを同行させることだった。

淡い金色の髪にペパーミントグリーンの瞳。

すらりとした長身に造形の美しい顔。

それだけで婦女子を虜《とりこ》にする条件を完璧に備えていたが、その上、プラントハンターとして危険な航海をその身一つで生き延びてきたこともあって、居並ぶ人々をワクワクさせる冒険譚《たん》に事欠かない。話術も巧《たく》みで、いったん彼がしゃべりだせば、どんな社交場でもその周りには人がわんさと集まってくる。

ただし、彼自身は、そうした社交が好きかと言えば、決して好きなほうではなく、元来が優秀な植物学者であることからも、むしろ、一人静かになにかと向き合っている方が性《しょう》にはあっていた。

だから、長い航海中はもとより、ロンドンにいる時でさえ滅多《めった》に社交場には現れず、こうして彼の話を聞くことができるのは、誰にとっても僥倖《ぎょうこう》といえるのだ。

久々に見る女王の楽しそうな顔を満足げに眺めていた寵臣《ちょうしん》が、からかうように言う。

「どうやら、我らが女王陛下も、ネイトを前にして、彼の魅力にメロメロのようですね」

第六代ロンダール公爵ウィリアム・スタイン。

女王陛下の寵臣中の寵臣であり、栗色の髪にウィスキーブラウンの瞳をしたそれなりに美《び》丈夫《じょうぶ》の彼は、ネイサンが背負う「比類なき公爵家のプラントハンター」という看板におけるまさにその「公爵家」を体現する者だ。しかも、爵位を持たないネイサンとは身分こそ違うが、幼馴染《おさななじ》みとして今も親しく付き合っている。

そんなウィリアムに輝く瞳を向けたヴィクトリア女王が、「あら」と逆にからかった。

「ウィル。他に人がいないのだから、昔のように『トリー』と呼んでくれていいのよ」

「いやいや、滅相もない」

ウィリアムは、顔の前でヒラヒラと手を振りながら遠慮《えんりょ》する。

結婚前ならともかく、今ではアルバート公という立派な伴侶《はんりょ》も得た女王を、本人を前にして気軽に愛称で呼ぶなど、いかにウィリアムが大胆《だいたん》でもできない相談だ。それに、女王は「他に人がいない」と言ったが、この馬車には三人の他にも、お付きの女官が一人同乗している。

もちろん、発言の裏には、女王にとって、その女官は自分と一体化していると言えるほど信頼のできる人物だという意味が込められているのだろうが、だからと言って気安く「はい、そうですか」とはならない。

それくらい、国の中枢《ちゅうすう》というのは権謀術数《けんぼうじゅっすう》のひしめく場所なのだ。

と、わずかに馬車が減速し、真っ先に気づいたネイサンが、窓のほうを見ながらウィリアムに注意をうながす。

「リアム」

「――ん？」

「馬車の速度が、落ちた」

「ああ、言われてみれば」

しだいに、他の同乗者たちにも減速していることがわかるようになってきたため、小窓を開けたウィリアムが駆者《ぎょしゃ》に向かって尋ねる。

「おい、どうした？」

「それが、公爵様《アワー・ロード》、昨日の雨で川が増水したようで、予定していた橋が渡れなくなっているようなんです」

「へえ」

見れば、たしかに前方にかかる橋は大部分が濁流《だくりゅう》につかり、落ちてこそいないが、渡るのはかなり危険に思われた。

そこで、いったん停車した馬車からネイサンとウィリアムが降り立ち、ひとまず様子を見に行くことにする。

「女王陛下は、このまま、中でお待ちを」

そう告げたウィリアムは、さらに駆者とその隣にいる護衛役の武官に対しても、「おい、ここは任せたぞ」と念を押してから、ネイサンのあとを追いかけた。

晴れ渡った天気とは対照的に、川はかなり荒れている。上流に降った雨が、一夜をかけて流れてきたせいだろう。

対岸の橋のたもとには、地元民と思《おぼ》しき人たちが集まり、なにやら心配そうな表情で話し込んでいた。

その様子を観察しながら二人が歩いていると――。

ミィー。

ミィー。

風に乗って、なにかの声がした。

それはなんとも頼りない声で、一瞬、空耳のようにも思えたが、決して空耳ではなく、間断なく聞こえてくるようだ。

足を止めたウィリアムが、訊《き》く。

「おい、聞こえたか、ネイト？」

「ああ、聞こえた」

キョロキョロしながらあたりを見まわしていた彼らの背後で、その時、ヴィクトリア女王の声がした。

「ねえ、ウィル。どこかで、猫が鳴いてない？」

振り返ったウィリアムが、少し怒ったような声をあげかける。

「じょ――」

だが、お忍びであるため、声に出して「女王陛下」と言うのも憚《はばか》られ、仕方なく愛称のほうに切り替えて呼び直す。

「トリー、馬車にいるようにお伝えしたはずですよ」

それから付き添っていた女官に咎《とが》めるような視線を向けるが、彼女は申し訳なさそうに首をすくめて下を向いたまま、うんでもすんでもない。もっとも、女官が止めたところで、天真爛漫《てんしんらんまん》な女王が素直に従うはずもなく、彼女を責めても意味はなかった。

今も、「だって」と女王は勝気に言い返した。

「猫の声がしたんだもの」

それに対し、ウィリアムが諦念《ていねん》の溜息《ためいき》をつく横で、ネイサンが「あ」と声をあげる。

「あそこだ」

そこで、全員の視線が向けられた先には、川の中洲《なかす》に引っかかった流木の上で、震えながら鳴いている子猫の姿があった。

「大変！」

叫んだヴィクトリア女王が、「早く」と必死な声で言う。

「助けてあげないと、流されてしまうわ」

たしかに、すでにかなり弱々しい声になっているところからしても、次に流されてしまえば命はないだろう。

とはいえ、そこは濁流の真っただ中だ。

助けたくても、助けられない。

どうやら、村人たちが集まっていたのも、橋の心配をしていたわけではなく、その子猫のことを話していたようである。

「――どうする、ネイト？」

ウィリアムが、迷うように尋ねた。

これまで散々無理難題をネイサンに押しつけてきたウィリアムだったが、さすがに、この頃は分別もつき始め、そう簡単に友人の身を危険にさらす気にはならなくなっていた。

だから、今も「助けにいけ」とは口が裂けても言えずにいたのだが、しばらく川のほうを見ていたネイサンは、みずから名乗りをあげた。

「もちろん、我らが女王陛下のご命令とあれば、是非《ぜひ》でも助けにいくさ。それに、あんなものを見てしまったからには、放ってもおけないし」

あっさり言ったあとで、「ちなみに」と尋ね返す。

「馬車にロープは積んであるか？」

「ああ、ある」

「なら、それを使って助けよう」

幸い、対岸には屈強そうな青年たちの姿もあったため、ネイサンは、まずロープの先端に大きめの石を結び付け、それを対岸に向かって放り投げた。

弧を描いて飛んで行ったロープの先端は、見事、川べりに着地する。

そこで、対岸に向かって「おおい」と声をかけ、手でロープのほうを示すと、意図を汲《く》み取った若者たちが走り寄り、ロープの先端を近くの木に結びつけてくれた。

こちら側はこちら側で、馭者と護衛の武官も降りてきて、用心のために、すでに木に結んでおいたロープをしっかりと握りしめる。

それらが済んだところで、ロープに手をかけて張り具合をたしかめたネイサンが、両手と両足でぶらさがり、するすると危険な川を渡り始めた。

「気をつけろ、ネイト」

「わかっている」

ウィリアムの声に応《こた》えつつ、ネイサンはそのまま進んで行く。

背中のすぐ下に、水の勢いを感じた。

落ちたら、ひとたまりもないだろう。

それでも、荒れ狂う水やロープを伝うことに慣れている彼は、焦《あせ》ることなく中洲の上まで辿《たど》り着《つ》くと、片手を伸ばして子猫をなんとかつかみあげた。

とたん、両岸で拍手喝采《かっさい》が沸《わ》き起こる。

ホッとして子猫を懐にしまい込み、ネイサンは両手でロープをつかんで引き返そうと身体をねじる。

と——。

そのタイミングで、ガクンっと全身がつんのめるように揺れた。

なにかと思う間もなく、つかんでいたロープがたわみ、一瞬の浮遊感のあとで、ネイサンの身体が虚空《こくう》に投げ出される。

どうやら対岸の木に結んだロープがほどけてしまったようである。

「ネイト‼」

ウィリアムが岸から身を乗り出すようにして叫ぶが、それも虚《むな》しく、そのまま、荒れ狂う川へと落下し、ネイサンの姿はあっという間に見えなくなった。

「ネイト！」

ふたたび叫んだウィリアムは、ロープを握りしめながら全員に告げる。

「おい、ロープを引け、引くんだ！　死ぬ気で引け！」

だが、言われるまでもなく、ヴィクトリア女王までもがすでにロープにしがみつき、必死になって手繰《たぐ》り寄せていた。

「冗談じゃない、ネイト、死ぬなよ。こんなところで、死ぬな！　絶対に――」

そんなことを叫びながら、ウィリアムも死に物狂いでロープを引いた。

その甲斐《かい》あって、すぐにロープの先端が見えてきたが、そこに、ネイサンの姿はない。

濁流に押し流されたのだ。

「――そんな！」

ウィリアムが、引っ張りあげたロープの端をつかんだまま、絶望的な声をあげる。

「嘘だろう、ネイト。——君に限って」

だが、見つめた先の濁流は、ただただ轟々《ごうごう》と流れるばかりで、ネイサンの姿を浮かびあがらせてはくれない。

「ネイト——」

ウィリアムがその場に膝をつき、ヴィクトリア女王がもの思わしげな顔でその背に声をかけようとした、その時だ。

ふいに対岸で、わっと声があがる。

ウィリアムが顔をあげると、対岸の村人たちが橋げたのほうを指さしてなにやら大騒ぎをしていて、そればかりか、中の数人が橋に向かって走り始めた。

つられて目をやれば、濁流の中、橋げたの一つに辛《かろ》うじてつかまっているネイサンの姿を確認できた。

「ネイト！」

弾かれたようにウィリアムも立ちあがって走り出し、危険を承知で濁流に浸《つ》かった橋に足を踏み入れる。

ともすれば水に足を取られそうになるが、構ってなどいられない。

「ネイト、ネイト！」

橋の真ん中あたりで橋げたの上に身を乗り出し、必死で名前を呼ぶと、すぐ下からネイサンの声が返る。

「リアム、これ、受け取れ！」

同時にネイサンの腕が伸びてきて、そこに子猫がいた。

震えるその姿の、なんと小さいこと——。

ウィリアムが受け取る横から村人たちの手が伸び、それに助けられる形で、ネイサンが橋の上へとあがってくる。

さすがにほうほうの体《てい》だ。

もちろん全身ずぶ濡れで、あちこち擦《す》り傷を追っていたが、それでも、陽の下で見るその姿は、まさに神話の中に出てくる英雄のごとくまばゆく光り輝いていて、その場にいた全員が彼に対し惜しみない拍手を送った。

2

数年後。

ロンドン郊外にあるチジックの城で、ふてぶてしいくらいに丸々とよく育った猫を見つめたネイサンが、目を大きくして訊《き》く。

「――本当に、これがあの時の猫なのか?」

「そうだよ。君が命がけで助けた小猫の、ま、言ってみれば『なれの果て』ってやつだな」

答えたウィリアムが、腕の中でもったりとした身体をよじった猫を床におろす。

すると、猫はブルブルと身を震わせたあと、ネイサンの足に擦り寄りながらゴロゴロと気持ちよさそうに喉を鳴らした。

「あ、なんだ、こいつ。僕にはちっともなつかないくせに、君のことは好きみたいだな」

ウィリアムが呆《あき》れたように言うのに対し、しゃがんだネイサンが、猫の背中を撫《な》でてやりながら訊き返す。

「で、この猫――あっと、名前はなんて言うんだ?」

「リバー」

「リバー?」

繰り返したネイサンが、苦笑する。

「川で流されていたから、リバー?」

「おそらく」

推量する形で認めたウィリアムが、「女王陛下の」と付け足した。

「御心《おこころ》は、計り知れないからな」

「たしかに」

応じたネイサンが、「で」と質問の続きに戻る。

「リバーは、あのあと、王宮で飼われることになったと聞いていたけど、なぜ、君の城にいるんだい？」

まさか、太り過ぎて追い出されたのではあるまいか。

ネイサンがそんな心配をしてしまうほど、リバーはふくよかに育っていた。裏を返せば、それだけなに不自由なく幸せに暮らしているということだ。

ウィリアムが答える。

「それは、先日、フランスからお迎えした貴人が猫嫌いであることが判明したため、その御仁《ごじん》が宮殿におられる間だけ、うちで預かることになったからだよ」

「なるほど」

納得するネイサンに対し、ウィリアムが「それにしても」と懐かしむように告げた。

「あの時は、さすがの僕も焦ったよ。君の墓碑銘《ぼひめい》に『ネイサン・ブルー、イギリスの生んだ偉大なるプラントハンター。海の覇者《はしゃ》にして、ワニにもアナコンダにも打ち勝った英雄、たった一匹の子猫のために川で溺《おぼ》れて死す』なんて、虚しい文言を刻まないといけないかと思ったから」

「――縁起でもない」

秀麗な顔をしかめたネイサンが、「それに」と文句を付け足した。

「それだと、なんだか子猫に負けたようじゃないか」

「だが、実際、子猫の可愛《かわい》さに負けて濁流を渡ったわけだから」

「たしかに、可愛さがあったのは認めるけど、あの時、女王陛下のご意向がなければ、本当に助けに行ったかどうかはわからないさ」

「ああ、まあ、そうか」

うなずいたウィリアムが、「そもそも」と続ける。

「あのような遊行が気軽にできたこと自体、今では考えられないし」

「へえ？」

意外そうに受けたネイサンが、「それって」と尋ねる。

「女王陛下の身辺が物騒になっているということか？」

「ああ」

真面目《まじめ》な顔つきになって認めたウィリアムが、「例えば」と彼らが直面している現実的な問題をあげていく。

「チャーチスト運動だろう。それに、アイルランドでは、ここのところ、深刻な飢饉《ききん》が続いている。リヴァプールあたりでは、アイルランドから流れてきた難民が溢《あふ》れ返っているって話だ」

「当然、統治者に対する不満は尽きないわけだな」

「うん。――トリーは」

うっかり昔の愛称で呼びつつ、ウィリアムが評する。

「思いやりがあっていい人間だが、深く考えるのが苦手で、アルバート公と結婚なさってからは、公の意見を取り入れてそつなくこなすようになってきたものの、この前も、よかれと思って開催したチャリティ・イベントが、各方面から批判を浴びる結果となってしまった」

「え、まさか、それで、暗殺なんて物騒な話が出てきているわけではないだろう？」

「どうかな」

ウィリアムが、もの思わしげに首をひねる。

「そうならないよう万全の態勢を整えているとはいえ、凶弾《きょうだん》というのは、いつどこから飛んでくるかわからないものだから」

「そうか」

「でも、それで言ったら、現在、うちに出入りしている石炭業者は、たしかリヴァプールのほうから来ていたはずだな」

言ったあとで顎《あご》に手を当て、彼は思慮深く付け足した。

「――念の為《ため》、身元調査をし直すか」

これだけ大規模な城や温室を快適に維持《いじ》するには、季節を問わず桁《けた》外れの燃料が必要となるはずで、そのへんの仲介業者に頼むよりかは、直接工場から輸送させてしまったほうが安上がりなのだろう。

「やはり、公爵ともなると、色々と大変だな」

同情するように言ってペパーミントグリーンの目を伏せたネイサンが、こちらを見あげているリバーの姿をとらえ、「だ、そうだから」と話しかける。

「リバー。君の命の恩人である女王陛下のことを、これからも、宮殿でしっかりとお守り申し上げるんだぞ？」

それに対し、知ってか知らずにか、リバーが「ニャア」と鳴いて応えた。

3

その後、温室でお茶を飲んでいた彼らのところに、古くからの友人であるケネス・アレクサンダー・シャーリントンが遊びにやってきた。シャーリントン伯爵の次男坊である彼は、無類の昆虫好きとして知られていて、全体的にさえない容姿の中で目だけが子どものようにキラキラと輝いている。

「やあ、ウィリアム。ネイサンも」

「ああ、ケネスか」

「やあ、ケネス」

一通り挨拶《あいさつ》したところで、ウィリアムが警戒するように「それで？」と訊く。友人相手になにをそんなに警戒する必要があるのかという話だが、実際、昆虫の中でも特に毛虫をこよなく愛するケネスは、隙あらば、ウィリアム自慢の温室に彼らを放ち、エサ場にしようとするから注意が必要なのだ。

「今日はなにしにきたって？」

「二人に、お土産《みやげ》を持って来たんだ」

「——お土産？」

ネイサンとウィリアムが口々に言いながら顔を見合わせ、ウィリアムが質問する。

「ということは、どこかに行っていたのか？」

「ううん。行ってないよ」

矛盾する答えに対し、ネイサンが訊く。

「でも、今、お土産って言った気がする」

「言ったね」

答えつつ、ケネスはキョロキョロとあたりを見まわし、台の上に置いてあった手ごろな器を探し当てると、それを引き寄せながら続ける。その間にも、この城の家令がやって来て粛々《しゅくしゅく》とケネスのためにお茶を準備していく。

「正確には、手土産のお土産。——違うな。手土産の横流しか」

第三者からするとどうでもいいようなことをブツブツとつぶやき、彼は「というのも」と説明する。

「昨日、昆虫学会の会合があって、そこに、新顔としてアメリカ人の昆虫博士が来ていたんだけど、その人が、挨拶代わりにこれをくれたんだ。——なんでも、一年前、従軍してメキシコに行った際に手に入れたものらしく、現地では幸運のお守りと言われているそうなんだ」

「幸運のお守り？」

「そう」

うなずきながら、ケネスがポケットから取り出した麻袋を器の上で逆《さか》さにした。

とたん。

ジャラジャラジャラと。

音を立てて、小粒なものが落ちていく。そのままあっという間に、器の中が、そのうっすらと緑色をした石のようなもので一杯になった。

「——あ、おい、勝手に」

ウィリアムが止めようと声をあげるが、それは一瞬の出来事であったため、止めようにも止められず、そのまま眉《まゆ》をひそめて不機嫌そうに告げた。

「その器は、リバーの食事用なんだぞ」

「リバー？」

その存在を知らなかったケネスが、「——って、誰？」と訊き返すうちにも、音を聞きつけたらしいリバーがトンと台の上にあがり、器の中を覗《のぞ》き込《こ》む。

「ああ、ほらみろ。リバーがエサと勘違いしたじゃないか」

「ごめん」

とっさに謝ったものの、ケネスが「だけどさ」と不思議そうに訊き返す。そのそばでは、しばらく器の中を調べていたリバーが、エサとは違う中身に首をかしげている。

「こんな不細工な猫、君、飼っていたっけ？」

「おいおい、言葉に気をつけろ。これは、女王陛下の猫なんだ」

「え、本当に？」

驚いたように猫を見おろしたケネスが、「だけど、それならなおさら」と尋ねる。

「なんで、ここにいるわけ？」

「それはまあ、色々と事情があってね」

簡潔に応じたウィリアムが、「それより」と改めて場を仕切り直す。

「それは、なんなんだ？」

「それ」というのは、もちろん、器に盛られ、いまだリバーの興味の対象となっている例のうっすらと緑色をした石のようなもののことである。

「さあ、よく知らない」

「知らないって、ケネス」

呆れた口調で言ったウィリアムが、眉をひそめて続けた。

「またぞろ、変な幼虫とかを持ち込んだんじゃないだろうな?」

それに対し、席を立ったネイサンが、興味深そうに一粒つまみ上げ、「ああ、いや」と感想を述べる。

「これは、生き物というより、どちらかというと植物っぽく見えるな。——なにかの種かもしれない」

とたん、興味を示したウィリアムが言う。

「新種か?」

「わからないけど」

曖昧《あいまい》に応じたネイサンが、「でも」と言いつつ、それを耳元で振る。

「中でカラカラと音がするから、種ではないのか。——でなければ、殻《から》の中に本物の種が入っているとか」

ケネスが「あ、そういえば」と思い出したように情報を付け足した。

「僕がそれをもらった時、一緒にいたスペイン人の博物学者が『ブリンカドール』ってつぶやいていたんだ」

「『ブリンカドール』?」

鸚鵡《おうむ》返しに言ったウィリアムが、訊く。

「――意味は？」

「知らない」

「訊かなかったのか？」

「だって、僕だけが知らなかったら、恥ずかしいじゃないか」

すると、一緒に聞いていたネイサンが、問題のものをためつ眇《すが》めつ眺めながら答えた。

「おそらく、『這《は》いまわるもの』とか、そんなような意味になるんじゃないかな」

「這いまわる？」

ただの石にしか見えないものを見おろしたウィリアムが、確認する。

「それが？」

「たぶんね」

断言を避けたネイサンが、リバーの見ている前で手にしたものをもとに戻し、「ただ、だとしたら」と推測する。

「そうは見えないけど、やっぱり生き物の一種なのかもしれない」

「止《や》めてくれ」

げんなりした様子で応じたウィリアムが、ケネスを睨《にら》んで問いつめる。

「だいたい、なんで、いつもいつも、そうやって訳のわからないものを僕のところに持ってくるんだ？」

すると、すでにテーブルについてお茶を飲み始めていたケネスが、ケロリとした口調で言い返した。

「それはもちろん、訳のわからないものだからだよ。——ほら、ここに持って来れば、なにかあっても、きっとネイサンがなんとかしてくれるし、最悪、これだけ広い場所なら、被害も一部で済むだろう？」

とたん。

「——ふざけんな、ケネス、持って帰れ！」

堪忍袋《かんにんぶくろ》の緒が切れたウィリアムの怒声が、温室に響きわたる。

それを横目にテーブルに戻ったネイサンが、紅茶のカップに手を伸ばして美味《おい》しそうに口をつけた。

そして、なんやかや、ウィリアムをなだめすかしてそのまま世間話に移った彼らは気づかなかったが、おしゃべりに興じる彼らの背後では、エサの器の横で眠そうに横たわっていたリバーの前で、ポンと器の中身が一粒跳ねた。

その奇妙な出来事に首を引いて目を丸くしたリバーの前で、もう一粒、ポンと跳ねる。

これは、ただ事ではない。

そんな風な様子で身体を起こしたリバーが、琥珀《こはく》色に光る目でジッと器の中のものを見つめるが、そのあとは特に跳ねることもなく、しんと静まり返っていた。

4

その日の夕刻。

チジックの城の裏門のそばに、一台の荷馬車が止まった。

そこは木の陰になっているため、敷地側からは見えにくく、その上、荷台には帆が張られていて積み荷がなんであるかはよくわからない。

かなり、怪しい雰囲気だ。

さらに、帽子を目深《まぶか》にかぶった馭者は、そのまま降りるでもなくその場にとどまり、なにかを待っているようであった。

しばらくすると――――。

ピューイ。

どこかで誰かが口笛を吹くような音がした。

それを受け、顔をあげた馭者が同じように口笛を吹き返す。

その音が止むとすぐに、城のほうから茶髪の青年が姿を現した。

その青年は、あたりを憚るようにキョロキョロしながら荷馬車に近づき、馭者と小声で話し始める。

「時間通りだな」

「当たり前だ。――そっちこそ、準備は整ったか?」

「おおよそ」

「では、次、女王がバッキンガムを出られた時には、そのお命を頂戴《ちょうだい》しよう。――場所は、コンスタンティンヒルあたりが狙《ねら》いやすい」

「――わかった」

茶髪の青年が答えた時だ。

ガサっと。

近くの茂みが鳴ったため、彼らはハッとして身構える。

だが、茂みから出て来たのは一匹の猫で、懐の短銃に手をやっていた茶髪の青年が、肩の力を抜いて言う。

「なんだ、猫か。――驚かせやがって」

「まったくだ」

同じように肩の力を抜いた馭者が、改めて猫を見て感想を述べた。

「それにしても、不細工な猫だな」

「おそらく、女王の猫だろう。俺はそばで見たことはないが、そういう不細工な猫を、ロンダール公が預かっているともっぱらの噂《うわさ》だ」

「へえ」

そこで顔をしかめた馭者が、「まさか」と疑う。

「俺たちのことを、主人や預かり主に告げ口したりしないだろうな?」

「バカ言うな。——ただの猫だぞ」

一蹴《いっしゅう》した青年が、先ほど驚かされたことへの仕返しのつもりか、足で蹴《け》るようにしてその猫を追い立てた。

「ほら、しっしっ、あっちに行け」

とたん、猫はパッと飛びあがって近くの木に登り、すぐにその姿が見えなくなる。

それを見送った馭者が、言う。

「では、同志ケリーよ、当日、同じようにここで」

「ああ」

それを最後に、「ケリー」と呼ばれた茶髪の青年は敷地内へと戻り、荷馬車はガラガラと音を立てながら方向転換し、来た道をゆっくりと戻って行った。

5

その夜。

チジックの城内では、人々の寝静まった真夜中過ぎに、誰もいないはずの温室で奇妙な音がし始めた。

コン。

タンタン。

ポン。

それとともに、暗がりをなにかが跳ねまわる。まるで、小さな妖精たちが、サーカスのようなことをして遊んでいるみたいだ。

タンタン。

ポン。

無人の空間で、その密《ひそ》やかな饗宴《きょうえん》が続く。

ポンポン、タン。

と――。

月明かりの下、どこからともなく現れたリバーが、本来なら自分のエサが入っているはずの器の前までやってきて座り込み、目の前で展開される不可思議な光景をジッと眺めた。その前で弾けているのは、今日の午後、ケネスが持ってきた、例のうっすらと緑色をした石のようなもの――ブリンカドールである。

ポン。

タンタン。

タン。

全部ではない。

時折、どれかが跳ねるのだ。

動きに規則性もなさそうで、しばらくして、目の前で弾けた一粒を、リバーが前足でパシッと押さえた。

それから、ゆっくりと前足をどけ、首を伸ばしてじっと観察する。

さらに、前足で転がしたり匂いを嗅《か》いだりした末に、ぱくりと口にくわえ、夜の闇《やみ》へと消え去った。

6

数日後。

茶髪の青年ケリーは、コンスタンティンヒルの茂みに隠れ、その時が来るのをじっと待っていた。

狙うは、大英帝国が誇る女王陛下の命だ。

彼は、暗殺者である。

銃には弾が込められ、準備は万端に整った。

あとは、標的がやってくるのを待つばかり――。

ケリーには、この一発で世の中を変えようとか、政治的腐敗に対する抗議とか、そんな立派な使命感はいっさいない。

ただ、射撃の腕を買われ、金銭で雇《やと》われただけの狙撃手《そげきしゅ》だ。

だから、この大役を引き受けるに際しても、さしたる高揚感《こうようかん》はなく、ただやるべきことをやるだけだった。

とはいえ、緊張はする。

チャンスは一度で、しかも一瞬のことである。

そのタイミングを逃《のが》さないよう、彼は、茂みの中でじっと待つ。

(……ああ、くそ。嗅《か》ぎ煙草《たばこ》をやりたいな)

ここに来る前、ケリーは、集中力を持続させるために、なんとしても嗅ぎ煙草を必要としていたのだが、叶《かな》わずに終わった。

それというのも――。

(あの忌々《いまいま》しい猫のせいだ)

彼は、じりじりとした思いで考える。

朝方、いつも通り、チジックの城の燃料庫で仕事を終え、一服しようと、脱いでおいた上着のポケットをさぐったのだが、そこに目当てのものはなかった。絶対にあるはずの嗅ぎ煙草容《い》れが見つからず、不思議に思ってあちこち捜すと、それは少し離れた地面の上にひっくり返され、ほとんど中身がなくなっていた。

いったい、なにが起きたのか。

答えは、明白だ。

そばには例の不細工な猫がいて、そいつの悪戯《いたずら》であるのはすぐにわかった。しかも、その猫は、彼と目が合うと「ニャア」と鳴いて三日月形に口元を引きあげた。

それは、なんとも人をバカにしたような笑みで、カッとした彼は、殺したい気分で猫を追いかけたが、捕まらず、イライラしたまま、その時は、地面に散らばったわずかな嗅ぎ煙草でがまんするしかなかったのだ。

(まったくもって、腹立たしい!)

思い出しただけでムカムカしてくるが、でもまあ、と彼は考え直す。

あの猫を殺せなかった代わりに、今、彼は、その飼い主を殺そうとしているのだ。それはそれで、気分がスッとする話である。

(それに、この仕事が終われば大金が入るわけで、そうなれば、嗅ぎ煙草もやりたい放題さ)

そう思って気分を鎮《しず》めたケリーは、ふと違うことを考えた。

(だけど、そういえば……)

蓋《ふた》がスライド式になっている嗅ぎ煙草容れを拾いあげた際、半分ほど閉まった容れ物の中でコトンとなにかの音がした気がするが、あれは、いったいなんの音だったのか――？

その時は、猫に対してイライラする気持ちが勝《まさ》り、音の正体を確認するという行為を怠《おこた》ってしまった。

だが、考えてみれば、あれがなんであったかが少々気になる。

少なくとも、嗅ぎ煙草はそんな音はしない。

つまり、他になにか入っているかもしれないということだ。

それは、なにか。

今、ポケットの中に入っている嗅ぎ煙草容れを確認してみてもいいのだが、迷っているうちにもあたりが騒がしくなり、彼の意識はそっちに向く。

ついに、ヴィクトリア女王がやってきたのだ。

この一瞬を逃すわけにはいかない。

彼は、即座に気持ちを切り替え、すべてを忘れて目の前のことに集中する。

女王の命を奪う。

その一事だけを考え、彼は引き金に指をあてた。緊張と興奮で身体が熱くなっていく中、額に汗をにじませながら狙いを定める。

その間にも、女王が馬車を降り、群衆の前に立つ。

（三、二、一――）

暗殺者ケリーが引き金を引こうとした、まさにその時だ。

コン。

彼のすぐそばで小さな音がして、ハッとした彼は、一瞬気が削《そ》がれる。ただし、指はすでに引き金を引いてしまっていて、完全に狙いの逸《そ》れた弾丸が、虚しく宙を切り裂いた。

一拍置いて、パアンと響きわたる銃声。

すぐに護衛とともに女王の姿が馬車の中へと消え、車輪の音を立てながらその場を走り去ってしまう。

あとには、逃げ惑《まど》う群衆と、その群衆をかき分けてこちらに向かってくる憲兵隊の姿があるばかりだ。

（――ああ、終わった）

ケリーは思う。

彼が、思う存分嗅ぎ煙草をやる日は、二度と来ない。

エピローグ

「――え、まさか」

ネイサンは、手にしたものを見ながら驚いたように訊き返した。

「狙撃手の嗅ぎ煙草容れに、これが入っていたっていうのか？」

「そうなんだよ。びっくりだろう？」

答えたウィリアムは、言葉とは裏腹に、そのままゆったりとお茶を飲む。おそらく、すでに驚き尽くしてしまって、さしたる感慨《かんがい》もなくなっているのだろう。

ヴィクトリア女王が狙撃されるという恐ろしい事件から一週間ほど経《た》った今日。

幸い暗殺は未遂《みすい》で終わったものの、事後処理に追われて忙しかったウィリアムのもとを、ネイサンが久々に訪れ、友人の口から事件のあらましを聞かされたところだった。

それによると、捕えられた青年は金銭目的で犯行に及んだということで、ロンドン首都警察《スコットランド・ヤード》や内閣府は背後にいる人物を見つけ出そうと躍起《やっき》になっているが、いかんせん、雇われただけの狙撃手はたいした情報を持っていなかったため、捜査は難航しているという。

ただ、そんな中、狙撃手の持ち物の一つである嗅ぎ煙草容れの中身を知った時、ウィリアムは仰天《ぎょうてん》した。

そこに、ありうべからざるものがあったからだ。

うっすらと緑色をした石のようなもの——。

それは、間違いなく、ケネスがウィリアムのところに持ち込んだ、スペイン人の博物学者が言うところの「ブリンカドール」だった。

ネイサンが、「たしかに」と言う。

「その狙撃手が、君のところに出入りしていた石炭業者の青年だったのなら、持っていたとしてもおかしくはないけど、なぜ、そんなものを嗅ぎ煙草容れの中に後生大事《ごしょう》に入れておいたのかは疑問だね」

言ったあとで、「まさか」と付け足した。

「ケネスの言葉通り、幸運のお守りとしてではないだろう?」

「当たり前だ」

応じたウィリアムが、「とはいえ」と困惑気味に続ける。

「彼自身、なぜ、それが嗅ぎ煙草容れの中に入っていたのか、まったくわからないそうだ」

「わからない?」

「ああ」

「自分の持ち物なのに?」

「そうだけど、ちょっと興味深いのは、猫の悪戯かもしれないと話していたことか」

「……猫？」

これまた意外そうに鸚鵡返しに言ったネイサンが、訊く。

「どうして、そう思ったんだろう？」

「それが、なんでも、事件のあった日の朝、なんとも不細工な猫が、その嗅ぎ煙草容れに悪戯をしたそうなんだが」

「へえ。——不細工な猫がねえ」

どこかもの思わしげにつぶやいたネイサンの前で、ウィリアムが「しかも」と続ける。

「狙撃手曰《いわ》く、その悪戯さえなければ、自分は成功していただろうということだから、ある意味、その猫は、女王陛下のお命を救ったことになる」

「なるほど」

そこで、ネイサンは、いまだチジックの城にいて、彼らからは少し離れたところで宙を見つめているリバーに目をやりながら言う。

「つまり、もしその猫が本当にリバーであったとするなら、今回、狙撃を失敗に終わらせたことで、見事、かつての恩返しをしたということになるわけか」

「そうなるな」

認めたウィリアムが、「ただし」と注釈《ちゅうしゃく》を加えた。

「彼の言い分によると、狙撃するまさにその一瞬、嗅ぎ煙草容れの中でこれが跳ねて音を立てるというファンタジックなのかオカルトなのかわからないようなことが起きたそうだから、自白のどこまでが本当で、どこからが作り話なのかはわからないし、彼に猫の面通しをさせたわけでもないから、真実はいまだ闇の中だが――」

「そうか……」

ネイサンが感慨深げにうなずいていると、この城の家令を追いたてるようにしながら友人のケネスがやってきた。彼は、挨拶する間も惜しい様子で、息を切らしながらすべてをすっ飛ばして切り出す。

「な、ウィリアム、アレ、どうした？」

当然、ウィリアムが眉をひそめて訊き返す。

「なんだ、やぶから棒に。挨拶もしないで」

「――やあ」

指摘され、取ってつけたように挨拶したケネスが、「それで」と繰り返す。

「アレ、どうした？」

「だから、アレって、なんだよ？」

「アレはアレだよ。……なんだっけ、スペイン語でなんとかっていう、例の」

それに対し、ネイサンが横から助け船を出す。

「もしかして、『ブリンカドール』のことを言っている？」

「うん、それそれ」

言いたいことを汲み取ってもらえたことに喜んだケネスが、「さすが」と褒《ほ》める。

「ネイサンは、僕のことをわかってくれている」

それから、改めて説明する。

「でね、そのブリンカドールだけど、すごいことが判明したんだ」

「すごいこと？」

「そう」

うなずいたケネスは、顔を見合わせるウィリアムとネイサンの前で、立ったまま大仰《おおぎょう》な身振りで先を続けた。

「この前、例のアメリカ人の昆虫学者がアメリカに戻るというので、その前に僕のところを訪ねてくれてさ。その時に、改めて『ブリンカドール』の話をしたら、あれは、ある植物の種だそうで、問題は、その中に、時おり現地でしか見られない蛾《が》の幼虫が寄生していることがあるらしく、もしかしたら、そのうち、僕が初めて見る蛾が中から飛び立つかもしれないと教えてくれたんだ」

「へえ」

「すごいだろ⁉」

「そうか？」

興奮気味のケネスとは対照的に、蛾も毛虫も大嫌いなウィリアムが仏頂面《ぶっちょうづら》で答えるが、ケネスは気にせず、「だから」と宣言した。

「前置きが長くなったけど、要はアレを返してもらおうと思って来たんだ。これからは、僕のところで管理する」

それから、キョロキョロとあたりを見まわし、ようやくのことで例の器を発見するとホクホクしながら寄って行く。

しかし、覗き込んだ先は空《から》っぽで、ケネスが落胆《らくたん》の声をあげた。

「なんだ、ないじゃないか。――僕の大事なキャピちゃんたちの隠れ家を、いったいどこにやってしまったんだい？」

「キャピちゃんたち」というのは、もちろん「毛虫《キャタピラー》」のことで、そのなんとも調子のいい言葉に対し、ウィリアムが素《そ》っ気《け》なく返した。

「燃やした」

「へえ、燃やしたんだ」

明るく相手の言葉をなぞったあとで、「――え？」とウィリアムのほうを振り返り、ケネスがおそるおそる確認する。

「君、今、なんて言った？」

「だから、燃やしたって言ったんだ。君もきちんと聞こえていただろう」

とたん、顎をガクンと落としたケネスが、一拍置いてウィリアムに詰め寄った。

「なんで？　なんで、燃やしたんだ！　僕の大事な、大事なキャピちゃんたちを――」

今にも泣き出しそうな顔をしているケネスに対し、ウィリアムが鬱陶《うっとう》しそうに言い返す。

「正確には、隠《・》れ《・》家《・》だろう。――まあ、それだって、変な言い方だが、そもそも、今さら何を言っているんだって話だよ。君はすっかり忘れているようだが、最初に人のところに訳のわからないものを持ち込んだのは、そっちなんだ。それをどう処分しようと、こっちの勝手だ」

「でも、だからって、燃やさなくても――」

「仕方ないだろう」

責められたウィリアムが、相手を押しやるようにして主張する。

「あのあとしばらくして、昼夜を問わず、温室で変な音がすると噂になって、使用人たちがみんな気味悪がるようになったから、僕は、絶対にアレが原因だと思い、庭師に命じて焼き捨てさせたんだ。それが、まだ見たことのない植物の種だったら、ちょっと惜しいことをした気もするが、少なくとも、それ以後、音はぱったりと止《や》んだ。――ゆえに、万事めでたし、だ」

「いや、でも」

まだなにか言おうとするケネスを「でもくそもなく」と言って遮《さえぎ》り、ウィリアムは非情にも告げる。

「もし文句があるなら、次からは、訳のわからないものをうちに持ち込むな！」

さすがに反論できなくなったケネスが、名残惜《なごりお》しそうに訊く。

「……本当に、全部燃やしちゃったのかい？」

「そうだよ」

断言したものの、すぐになにかに気づいたウィリアムが、「ああ、いや」と顔をあげて言いかけたそばで、同じことを思いついたらしいネイサンが、「一つだけ」と言って、先ほどまで二人の話題の中心となっていたものを取り上げた。

「ひょんなことから残ったものだけど、これでよければ」

とたん、ケネスの顔がパアッと晴れわたる。

「もちろん、いいよ」

言いながら大事そうに「ブリンカドール」を受け取ったケネスを見て、ウィリアムが横から「ただ」と水を差す。

「その中に、肝心《かんじん》の蛾の幼虫が寄生しているかどうかはわからないがね」

「……ああ、そうか。たしかに、そうだ。なんか、色も、緑から茶色に変色しているし」

せっかく明るくなった表情をすぐに曇らせたケネスに対し、ネイサンが「でも」と言って励《はげ》ました。

「どうやら、そいつは容れ物の中で勝手に跳ねるそうだから、かなりの確率で中になにかがいるはずだよ」

「そうなんだ？」

改めて「ブリンカドール」を見おろしたケネスが、はにかみを浮かべて礼を言う。

「ありがとう、ネイサン。期待して待つことにする」

それから「ああ」と身体の力を抜き、椅子にへたり込みながら言う。

「安心したら、なんか喉が渇《かわ》いたよ」

そのあとで、テーブルの上をキョロキョロと見まわして尋ねる。

「――それで、僕の分のお茶は？」

すると、そのタイミングでこの城の家令がやってきて、サッと彼の前に湯気の立つお茶を差し出した。

それを飲んでクッキーをつまみ、至極《しごく》満足そうな表情をするケネスに対し、ユルユルと首を振ったウィリアムが「まったくねえ」と呆れる。

「結婚もしていないのに、五歳の子どもを持った気分だ」

それを聞いたネイサンは、心の中で「だとしたら」と考えながらお茶をする。

（僕はさしずめ、五歳児と十四歳のわんぱく盛りの少年の父親ってところだな……）

当然、苦労が絶えないわけである。

そんな風にたわいなくお茶をしている彼らは、またしても気づかなかったが、テーブルから少し離れたところでは、台の下に一粒転がっていた「ブリンカドール」に小さな穴が開いているのが見えていた。

そして、宙には、今、まさに羽ばたき始めた小さな生物がいたのだ。

これぞ、ケネスの求めている蛾の成虫だ。

ただし、それはほんの一瞬の出来事で、キラキラと鱗粉《りんぷん》をまき散らしながら飛びまわるその生き物を、琥珀色の目で興味深そうに追っていたリバーが、すぐさまパッと前足を伸ばして地面に払い落とし、短い一生を本当に短いものにしてしまった。

野生の本能であれば、仕方のないことである。

それは、「メキシコトビマメ」と呼ばれる植物とそれに寄生する蛾の、ある意味、大英帝国の歴史を動かしたかもしれない重大な――、だが、あくまでも世に知られざる逸話《いつわ》の一つであった。

あとがき

篠原美季

異常気象とコロナとオリンピック。

今年の夏は、その三本柱で過ぎ去っていく気がしますが、みなさんはいかがお過ごしでしょうか。

こんにちは、篠原美季《しのはらみき》です。

先日、ここ数年ほど続けている某語学のクラスでみんなと雑談していた時に、私以外の生徒さんが全員ワクチンを打ち終わっていたことに驚きました。私より若いと思われる人もいるのに、みんな、やることが早い。——というより、締切地獄《じごく》で内側に目が向いている間に、世の中は随分《ずいぶん》と前に進んでいたようです（笑）。

オリンピックも、結局スルッと始まっていたし——。

そのオリンピックも、下手にテレビをつけようものなら、そのまま競技に見入ってしまうため、じっと我慢しています。気晴らしになにか観たい時も、基本、録画した番組を観るようにしないと、白熱の闘《たたか》いを見始めて途中で止めるのは、よほど強い精神力がないとできませんよね。でも、心の中では、「がんばれ、日本！」「がんばれ、万国の選手たち！」です！

ということで、本題に入りましょう。

『倫敦花幻譚《ロンドンかげんたん》4　緑の宝石～シダの輝く匣《はこ》～』の文庫版をお届けしました。

シリーズも佳境に入り、今回は、流れの中で、メインキャラクターたちが仲違いをしたまま話が終了しています。これは、私にしてはとても珍しいことで、たいてい、最後はほのぼのとした感じで終わるのですが、たまにはこういうのもいいかな～と思って、そのままにしてみました。

この先、どうなることやら。

思うんですけど、大人の喧嘩って、子ども時代と違い、お互い変なプライドや社会的立場などが邪魔をして、なかなか折れることができなかったりしますよね。それで、気づけば疎遠《そえん》になっている。

でも、なにもなくても、気づけば疎遠になっている人の多さを思えば、その前段階として喧《けん》嘩《か》できるほどの距離感であったのなら、やはり仲直りしないのはもったいない。

まあ、私自身は喧嘩して疎遠になった方はいないので、なんとも言えませんが……。

なんにせよ、ネイサンとウィリアムの絆は、突発的な絶交宣言なんて乗り越えられるほど強いものであると信じましょう（笑）。

さて、ここで物語の中に出てきた幻の花について触れておきます。

シダの花と間違えられた「高貴なるエレメティア」ですが、実はモデルがあります。

「アムヘルスティア」という花で、プロットの段階ではそのまま実名を使うつもりでいたのですが、やはりどうしても史実に合わない点が多く出てきてしまったため、名前を変え、あくまでも創作上の花ということにしました。

参考資料については、既刊本に掲載したもの以外に以下のものを挙げ、この場を借りて御礼《おんれい》申し上げます。

・「ダーウィンの花園　植物研究と自然淘汰説」ミア・アレン著　羽田節子・鵜浦裕訳　工作舎

・「魔法の植物のお話　ヨーロッパに伝わる民話・神話を集めて」浅井治海著　フロンティア出版

最後になりましたが、今回も素敵なイラストを描いてくださった烏羽《からすば》雨《あめ》先生、またこの本を手に取って読んでくださったすべての方々に多大なる感謝を捧《ささ》げます。

では、次回作でお目にかかれることを祈って——。

一年遅れのTokyo 2020の最中に

篠原美季　拝

【初出一覧】
緑の宝石～シダの輝く匣～：小説Wings '20秋冬号（No.109）～ '21年冬号（No.110）掲載
女王陛下の猫：書き下ろし

この本を読んでのご意見、ご感想などをお寄せください。
篠原美季先生・烏羽 雨先生へのはげましのおたよりもお待ちしております。
〒113-0024　東京都文京区西片2-19-18　新書館
[ご意見・ご感想] 小説Wings編集部「倫敦花幻譚④　緑の宝石～シダの輝く匣～」係
[はげましのおたより] 小説Wings編集部気付○○先生

倫敦花幻譚④
緑の宝石～シダの輝く匣～

著者：篠原美季 ©Miki SHINOHARA
初版発行：2021年9月25日発行

発行所：株式会社 新書館
[編集] 〒113-0024　東京都文京区西片2-19-18　電話 03-3811-2631
[営業] 〒174-0043　東京都板橋区坂下1-22-14　電話 03-5970-3840
[URL] https://www.shinshokan.co.jp/

印刷・製本：加藤文明社

ISBN978-4-403-54230-5 Printed in Japan

ウィングス文庫は毎月10日頃発売

ウィングス文庫

糸森 環
Tamaki ITOMORI

「椅子職人ヴィクトール&杏の怪奇録① 欺けるダンテスカの恋」イラスト:冬臣
「椅子職人ヴィクトール&杏の怪奇録② カンパネルラの恋路の果てに」
「椅子職人ヴィクトール&杏の怪奇録③ 終末少女たち、または恋愛心中論」

嬉野 君
Kimi URESHINO

「パートタイム・ナニー 全3巻」イラスト:天河 藍
「ペテン師一山400円」イラスト:夏目イサク
「金星特急 全7巻」イラスト:高山しのぶ
「金星特急・外伝」
「金星特急・番外篇　花を追う旅」
「弾丸のデラシネ 全2巻」イラスト:夏目イサク
「続・金星特急　竜血の娘①②」イラスト:高山しのぶ

甲斐 透
Tohru KAI

「月の光はいつも静かに」イラスト:あとり硅子
「金色の明日 全2巻」イラスト:桃川春日子
「双霊刀あやかし奇譚 全2巻」イラスト:左近堂絵里
「エフィ姫と婚約者」イラスト:凱王安也子

河上 朔
Saku KAWAKAMI

「声を聞かせて①　精霊使いサリの消失」イラスト:ハルカゼ
「声を聞かせて②　魔法使いラルフの決意」
「声を聞かせて③　精霊使いサリと魔法使いラルフの帰還」

篠原美季
Miki SHI

「倫敦花幻譚① 公爵家のプラントハンターと七色のチューリップ」イラスト:鳥羽 雨
「倫敦花幻譚② 失われた花園とサテュロスの媚薬」
「倫敦花幻譚③ 薔薇のレクイエム」
「倫敦花幻譚④ 緑の宝石～シダの輝く匣～」

縞田理理
Riri SHIMADA

「霧の日にはラノンが視える 全4巻」イラスト:ねぎしきょうこ
「裏庭で影がまどろむ昼下がり」イラスト:門地かおり
「モンスターズ・イン・パラダイス 全3巻」イラスト:山田睦月
「竜の夢見る街で 全3巻」イラスト:樹 要
「花咲く森の妖魔の姫」イラスト:睦月ムンク
「ミレニアムの翼 —320階の守護者と三人の家出人— 全3巻」イラスト:THORES柴本
「新・霧の日にはラノンが視える」イラスト:ねぎしきょうこ

菅野 彰
Akira SUGANO

「屋上の暇人ども①～⑤」イラスト:架月 弥(⑤は上・下巻)
「海馬が耳から駆けてゆく 全5巻」カット:南野ましろ・加倉井ミサイル(②のみ)

「HARD LUCK①〜⑤」イラスト:峰倉かずや
「女に生まれてみたものの。」イラスト:雁須磨子

菅野 彰×立花実枝子
Akira SUGANO×
Mieko TACHIBANA

「あなたの町の生きてるか死んでるかわからない店探訪します」

津守時生
Tokio TSUMORI

「三千世界の鴉を殺し①〜㉓」
①〜⑧イラスト:古張乃莉(①〜③は藍川さとる名義)　⑨〜㉓イラスト:麻々原絵里依
「三千世界の鴉を殺し SEQUEL ①」イラスト:麻々原絵里依

前田 栄
Sakae MAEDA

「リアルゲーム 全2巻」イラスト:麻々原絵里依
「ディアスポラ 全6巻」イラスト:金ひかる
「結晶物語 全4巻」イラスト:前田とも
「死が二人を分かつまで 全4巻」イラスト:ねぎしきょうこ
「THE DAY Waltz 全3巻」イラスト:金色スイス
「天涯のパシュルーナ①〜④」イラスト:THORES柴本

麻城ゆう
Yu MAKI

「特捜司法官S-A 全2巻」イラスト:道原かつみ
「新·特捜司法官S-A 全10巻」
「月光界秘譚 全4巻」イラスト:道原かつみ
「月光界·逢魔が時の聖地 全3巻」
「仮面教師SJ 全7巻」イラスト:道原かつみ
「人外ネゴシエーター①〜③」イラスト:道原かつみ

真瀬もと
Moto MANASE

「シャーロキアン·クロニクル 全6巻」イラスト:山田睦月
「廻想庭園 全4巻」イラスト:祐天慈あこ
「帝都·闇烏の事件簿 全3巻」イラスト:夏乃あゆみ

三浦しをん
Shion MIURA

「妄想炸裂」イラスト:羽海野チカ

和泉統子
Noriko WAIZUMI

「姫君返上! 全5巻」イラスト:かわい千草
「花嫁失格!? 一姫君返上! 外伝一」
「花嫁合格! 一姫君返上! 番外篇一」
「舞姫はじめました 〜恋も奇跡も氷の上〜」イラスト:まち
「ミルナート王国瑞奇譚(上)〜女王陛下は狼さんに食べられたい!〜」イラスト:鳴海ゆき
「ミルナート王国瑞奇譚(下)〜狼さんは女王陛下を幸せにしたい!〜」

渡海奈穂
Naho WATARUMI

「夜の王子と魔法の花」イラスト:雨隠ギド
「死にたい騎士の不運〈アンラッキー〉」イラスト:おがきちか
「伯爵令嬢ですがゾンビになったので婚約破棄されました」イラスト:夏乃あゆみ

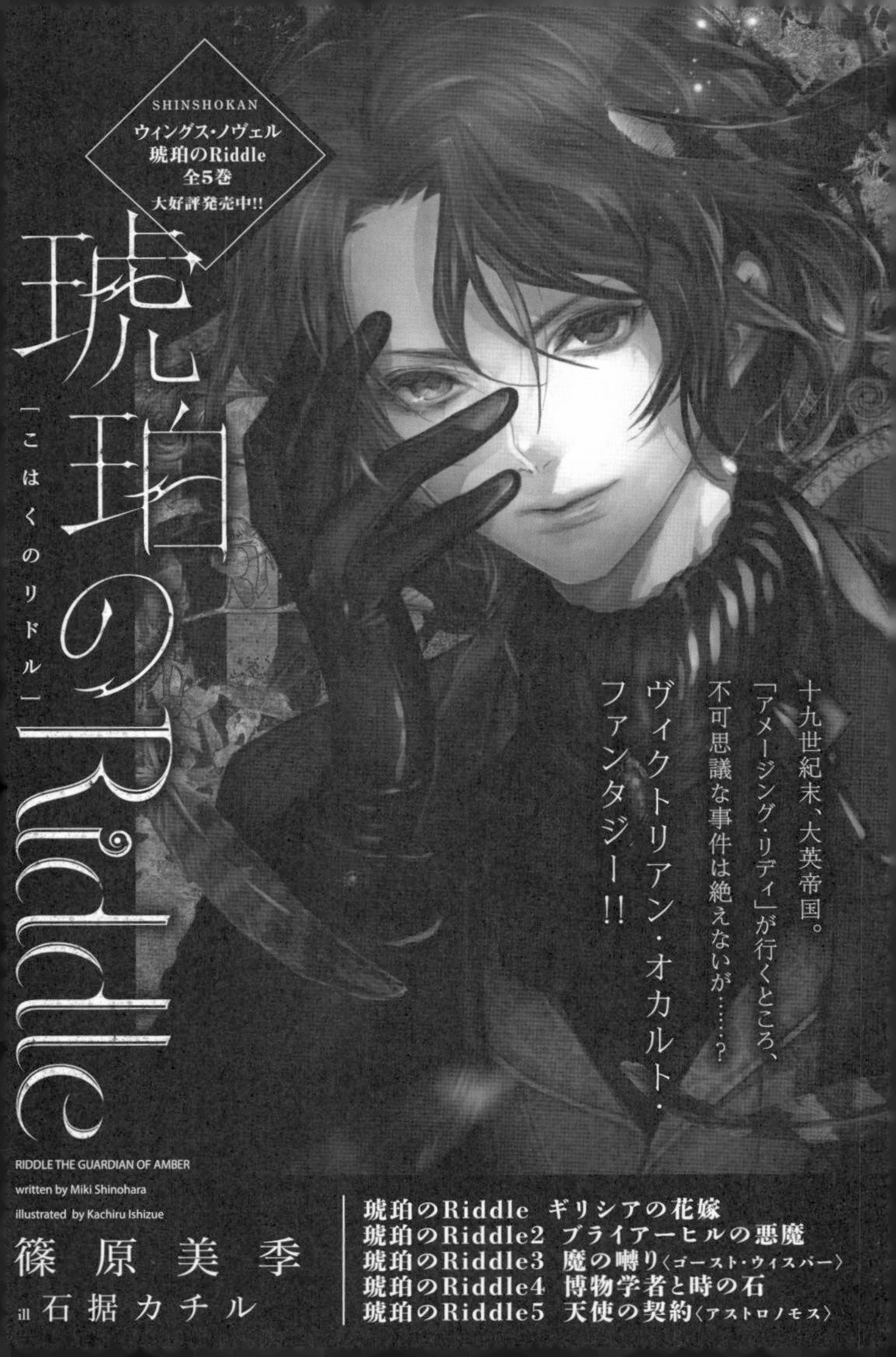
SHINSHOKAN
ウィングス・ノヴェル
琥珀のRiddle
全5巻
大好評発売中!!
琥珀のRiddle
「こはくのリドル」
十九世紀末、大英帝国。
「アメージング・リディ」が行くところ、
不可思議な事件は絶えないが……?
ヴィクトリアン・オカルト・
ファンタジー!!
RIDDLE THE GUARDIAN OF AMBER
written by Miki Shinohara
illustrated by Kachiru Ishizue
篠原美季
ill 石据カチル
琥珀のRiddle　ギリシアの花嫁
琥珀のRiddle2　ブライアーヒルの悪魔
琥珀のRiddle3　魔の囀り〈ゴースト・ウィスパー〉
琥珀のRiddle4　博物学者と時の石
琥珀のRiddle5　天使の契約〈アストロノモス〉